Legado Viviente Entre los Muertos

Por

R.W.K. Clark

Publicado en los Estados Unidos por Clarkltd.
Po Box 45313 Rio Rancho, NM 87174
info@clarkltd.com

Primera Edición

Oficina de derechos de autor de Estados Unidos
TX8-278-942 mayo de 2016
Número de control de la Biblioteca del Congreso
LCCN: 2017907099
Números de libros internacionales estándar
ISBN-10: 1948312085
ISBN-13: 978-1948312080
ASIN: B078YF81Q9

/180113

DEDICATORIAS

Dedico esta novela a mis lectores maravillosos y para todas las personas increíbles que he conocido y los que no tengo. A mi familia y seres queridos, todo su apoyo no será olvidado.

Gracias

PRÓLOGO

Jim Richardson se metió la mano en el bolsillo y sacó un pañuelo mugriento. Alguna vez había sido blanco, pero después de años y años de absorber el sudor de su frente se había vuelto de un color amarronado que ni siquiera el blanqueador más fuerte podía remediar. Lo miró, sonrió para sus adentros y se secó la frente de un solo golpe. Mientras metía de nuevo el pedazo de tela en su bolsillo, miró por encima de su "oficina": un gran espacio lleno de recipientes y medidores químicos, alarmas y tubos de ensayo, todos los cuales contenían los materiales necesarios para hacer plástico, o para destruirlo si fuera el caso.

No importaba lo volátiles que fueran las sustancias, estos recipientes las almacenaban porque ningún otro contenedor podría soportar ese tipo de químicos. Al menos, no sin dañar todo lo que estuviera cerca, incluyendo personas.

Jim había trabajado para All-Purpose Plastics durante treinta años, y estaba empezando a contar los años y días para la llegada de su jubilación. Soñaba con ese momento en donde el tiempo de pesca y la cerveza fueran su prioridad. No tenía un título universitario; solo era consciente de los peligros de su trabajo porque se lo dijeron. La empresa necesitaba a alguien en quien pudieran confiar para seguir estrictamente el protocolo en todo momento, y él había demostrado ser de confianza. Él les gustaba, y siempre se aseguraban de que tuviera todo lo necesario para sentirse satisfecho. Hizo una gran suma de dinero, y aunque no tenía un período regular de vacaciones (ni siquiera un día libre, a decir verdad) le dieron un automóvil nuevo para conducir cada año, pagaron su hipoteca en su totalidad y generosamente permitieron a su esposa remodelar su casa, evitando de esta manera sus quejas acerca de su horario de trabajo. Amaba su horario, de hecho. Lo protegía de las regañinas de su esposa.

Hoy había estado un poco apagado desde el inicio del día: Jim se había levantado a las cuatro, se había duchado y había llegado a la planta alrededor de un cuarto para las cinco. Las cosas habían ido bien hasta las 7:23 a.m., casi dos horas y media más tarde. Mientras caminaba notó una fuga en un tanque, la sustancia que goteaba era tóxica; le hicieron saber esto en algún momento, y creyó cada palabra que le dijeron. Se había formado un charco de considerable tamaño en el suelo, donde a su vez una capa había comenzado a formarse en la parte superior a medida que se enfriaba el pegamento caliente. Según el procedimiento, tenía que ponerse un mono de goma amarillo que lo cubría por completo y comenzar a limpiarlo inmediatamente. Había un tanque especial en un área de su lugar de trabajo donde iba a colocar la sustancia. Estaba lleno de agua, y no solo supuestamente neutralizaría la sustancia, sino que posteriormente la eliminaría, llevándola fuera del edificio a otro lugar, donde sea que fuera. Hacia una instalación en las afueras de la ciudad, creía. Estaba seguro de esto porque se lo habían dicho y nunca le mintieron.

Había el equivalente a tres grandes palas de una especie de pegamento para erradicar, y en un momento dado prestó mucha atención al contenido en su pala, era de color y apariencia extraña; cuando la luz se reflejaba, uno podía jurar que la cosa estaba... moviéndose.

Apartó el pensamiento de su mente y continuó haciendo su trabajo. Puso un recipiente especial debajo de la fuga, y con las manos enguantadas y torpemente cerradas desconectó las válvulas de conexión y reparó la tubería dañada. En poco tiempo, el equipo y toda el área en sí, estaban seguros, funcionaba correctamente y corría de manera segura otra vez. Llenó un informe de tres páginas, que era la peor parte de su trabajo, en su opinión, y lo llevó personalmente, en duplicado, a la oficina del científico a cargo de este proyecto en particular, y al propio jefe, respectivamente.

Se dispuso a realizar los trámites, generalmente sin incidentes, aparte de algunas preguntas para asegurarse de que había seguido los procedimientos. Él sabía lo que hacía, se enorgullecía de ser concienzudo en su trabajo y de total confianza; según los poderes fácticos eran sus mejores características. Pasó el resto de sus horas de trabajo sin ningún cambio importante, excepto que caminaba haciendo las rondas de inspección unas cuantas veces más de lo habitual. Los accidentes tienden a volver más precavidas a las personas, lógicamente.

∞

El día siguiente se desarrolló del mismo modo que el anterior, lo mismo de siempre. Levantarse, ir a trabajar, cumplir con el trabajo, ir a casa. Pero hoy Jim tuvo un ataque severo de acidez estomacal, tan severo que nada parecía remediarlo. Notó una erupción en la muñeca derecha y el antebrazo bastante incómoda. Aplicó una loción de calamina del botiquín de primeros auxilios, pero no ayudó mucho a la picazón, y estaba sediento, ¡estaba muy sediento! Bebió más agua ese día que la suma de los últimos cinco días, no había duda. Tal vez estaba cometiendo un error, creyendo que le hacía bien.

Para el lunes siguiente, Jim Richardson no se encontraba nada bien. No solo tenía la piel pálida y grisácea, sino con cierto adormecimiento. Su sed aumentaba constantemente, y aunque estaba mejor del ardor en el estómago, no había probado un bocado de comida en casi cinco días completos. Simplemente no le provocaba nada. Se sentía desgastado físicamente, pero no estaba cansado, y curiosamente, se sentía fuerte y enérgico, permaneciendo en el trabajo durante las últimas dos noches porque simplemente no podía dormir. Notó una falta de interés en todo, incluso en su trabajo. Su esposa expresó su preocupación acercándose mientras él la evadía. Ella insistió tanto que colmó su paciencia y salió hastiado por la puerta y se fue a trabajar, donde decidió quedarse. De acuerdo, él nunca tuvo problemas de carácter, pero se preguntaba ¿por qué su esposa tenía que ser así de intensa?

Ahora sintió una ligera sensación de preocupación. No por su propio bienestar personal, estaba seguro de que estaba bien. Le preocupaba que tal vez el derrame de esa sustancia química le había causado un problema, por lo tanto también causaba un problema para All-Purpose Plastics. Eso era lo último que quería. Después de todo, su vida giraba en torno a este lugar.

Llenó su termo con agua del grifo, y cerrándolo de un tiro, se dirigió al laboratorio para hablar con Sandberg, el científico que era el jefe a cargo del proyecto. Cuando llegó al laboratorio principal, tocó la puerta de cristal unas cuatro veces.

"Sandberg, ¿estás aquí? Es Jim". No hubo respuesta inmediata, pero Jim entró de todos modos. Si Mike Sandberg no estaba aquí, se sentaría a esperarlo. Seguramente volvería pronto.

Había tres sillas de cromo y plástico junto a la puerta de vidrio. Había una mesa de plástico barato con dos copias de Newsday arrojadas encima de forma descuidada. Estaba todo cubierta de una capa de polvo gris, se sentó, respirando de forma acelerada, y miró alrededor del área de la entrada principal al laboratorio.

A su derecha había un gran escritorio de metal verde con una tapa de goma. Un calendario de blotter del año 1998, y al lado de eso, un teléfono de estilo antiguo con cinco botones blancos y uno rojo, que al parecer no estaba en funcionamiento. Una taza de café con lápices yacía boca abajo frente al teléfono; todos intactos, sin uso.

A su izquierda había dos puertas de madera de tipo institucional. Una conducía al laboratorio actual; su ventana estaba cubierta con una portada de revista desde el otro lado. La otra puerta conducía a la oficina de Sandberg. Su ventana no estaba cubierta, y la luz estaba encendida.

Jim se levantó y caminó los quince pies hasta la puerta de Sandberg. Tropezó dos veces, pero logró mantener el equilibrio. ¿Qué le estaba pasando? ¡Bah!, mantén el equilibrio, Jim. Trató de sonreír, pero su rostro no cooperaba. No estaba sorprendido y no le importaba.

Después de tres golpes cortos en la puerta de Mike, giró la manilla y allí estaba Sandberg. Jim no lo había visto desde que presentó su informe sobre el incidente de la semana pasada, y la expresión de Mike le dijo a Jim que al científico no le gustaba lo que veía.

"Jim, ¿qué diablos te pasó?". Sandberg quedó tan impresionado por la apariencia de Jim que ni siquiera pudo cerrar la boca. Sus ojos se agrandaron cuando Jim se acercó. "Siéntate, hombre, ¡cualquiera diría que la muerte te ronda!".

"Esperaba que pudieras decirme, Mike. Debido a que trabajamos con basura tan delicada y que debe ser tratada con discreción, pensé que sería mejor que fuera a verla antes de ver mi HMO". Su voz no era más que un graznido. Mike tardó un minuto en poner sus sonidos en una frase que pudiera comprender. Jim se sentó en una silla a la derecha del escritorio de Mike y lo miró expectante.

"Me alegra que hayas hecho eso, Jim. Dime todo lo que está pasando contigo. ¿Cuándo empezo? Lo siento si parezco un poco abrumado, pero ¿te has mirado en el espejo últimamente? Jim pensó en eso, o, al menos, lo intentó. No podía recordar la última vez que se había visto en un espejo. Normalmente se duchaba por la mañana antes de salir de la casa, pero al parecer sentía que había estado allí en la empresa desde siempre. La casa… ¿qué casa? Se encontró confundido acerca de dónde estaba su hogar o cómo era.

"No lo sé, Mike". Parecía estar confundido, lo que comenzó a asustar al científico. Mike caminó alrededor de su escritorio y buscó un pequeño espejo redondo de afeitar en el cajón inferior derecho. Se lo dio a Jim y este se lo llevó a la cara.

Sus ojos estaban muertos, simplemente muertos. No había color en los iris; parecían tan negros como las pupilas mismas. Su piel no era solo gris oscuro. Tenía parches que parecían como papel; incluso comenzaban a pelarse en los bordes. El orificio nasal izquierdo de su nariz parecía estar deteriorándose o algo así, y su lengua también estaba negra en la superficie.

"¿Qué diablos...?". Jim sintió un poco de incomodidad emocional al verse, pero al mismo tiempo sintió una extraña satisfacción que no comprendía para nada. Decidió no comentárselo a él.

Mike le pidió nuevamente a Jim que le contara todo. Richardson hizo lo mejor que pudo. Su voz era casi inexistente, y sintió que casi estaba en trance. Lo curioso fue que, cuanto más escuchaba la voz de Mike, más enfadado y enojado se volvía. La sensación era similar a la de una lija pasando por su piel.

Mike rodeó su escritorio y levantó su teléfono. "Llamaré a Mikelson". Mikelson era el presidente de All-Purpose y la única persona con la que Jim estaba en contacto. "¿Cuál fue el primer síntoma que tuviste?".

"Comencé a notarme pálido y tenía una erupción. ¿Puedo tomar un vaso de agua?". Mike fue a un pequeño fregadero en la esquina y sacando una taza del armario sobre el fregadero, se la llevó a Jim.

Se la bebió en segundos. Jim se arrastró ciegamente al fregadero y logró tomarse cinco vasos más antes de apoyarse con satisfacción contra el lavabo y mirar a

Sandberg. Algo estaba surgiendo en la mente de Sandberg. Algo malo.

Recordó las pruebas preliminares que se habían hecho sobre la sustancia que Jim estaba a cargo de supervisar. Las pruebas como esta eran extensas; tan extensas que esta batería particular de pruebas había durado más de dos años. Encuentran un problema, lo rectifican y siguen adelante. Habían tenido muchas rondas de este ciclo. El plástico se llamaba 'Soligel', y prometía ser el plástico del futuro, si podían arreglar los errores.

Los primeros problemas fueron simples, fácilmente modificables. Pequeñeces como desequilibrios químicos en la 'receta'. El problema real se había puesto feo cuando se trataba de probar la seguridad de humanos y animales. Ninguno del equipo tuvo ningún problema, pero los animales de experimentación sí. Aparentemente casi 'morían', sin embargo, seguían viviendo. Los experimentos de disección mostraron que los órganos en las ratas no funcionaban correctamente a excepción de sus cerebros. Eran como polvo de muerte por dentro y por fuera. No habían sido capaces de identificar la causa, y la falta de pruebas adicionales de destrucción les había llevado a cubrir prácticamente toda la deficiencia.

Ahora parecía que habían actuado demasiado pronto.

Harvey Mikelson respondió a su extensión de emergencia, y Sandberg usó el código para contextualizarlo sin hacerle llegar sus palabras a Jim, que ahora tenía la cabeza gacha y bebía directamente del grifo. Esto era realmente malo. Mikelson le dijo a Mike que llegaría a su oficina en breve para ayudar a evaluar la situación y tomar una decisión con respecto al curso de acción apropiado. Estaban haciendo millones con Soligel. Si retiraban el producto ahora, bueno, digamos que el negocio se vendría abajo.

Sandberg recordó cómo las ratas que no se habían sometido a la disección parecían cambiar su conducta. Si estaban comiendo y una rata comenzaba a mordisquear la croqueta en el plato de otra, las cosas se volvían violentas. Una de esas confrontaciones entre los roedores terminó con uno de los animales arrancando las extremidades del otro; yacía retorciéndose en su propia sangre. Mike tuvo que quitar la cabeza del animal antes de que dejara de moverse. Esto condujo a otra ronda de... 'juegos'. Escogerían a las ratas con el pelaje más mugriento y los ojos más aciagos, las más violentas; y las someterían a varios medios de tortura, solo para ver cuánto les tomaría morir. Al final, concluyeron que la muerte cerebral era la única forma, por cualquier medio posible.

Debido a que habían abandonado sus estudios para continuar con la producción de Soligel, realmente no sabían qué había engendrado la reacción adversa que las ratas tenían a la sustancia. Francamente, a ninguno de ellos le había importado. El dinero comenzó a llegar antes incluso de poner un bolígrafo en los contratos. Se habían quedado ciegos, en sentido figurado.

Hubo un fuerte golpe en la puerta de la oficina de Sandberg, y Mikelson se abrió paso justo cuando Mike había convencido al tambaleante Richardson para que tomara asiento de nuevo. Jim ni siquiera notó que la silla había sido movida; estaba mucho más cerca del fregadero.

"Jim. Tengo entendido que no te encuentras bien". La voz de Harvey Mikelson era profunda y grave, combinando perfectamente con su imponente complexión. "Dime lo que ha estado sucediendo".

Jim descubrió que realmente se sentía enojado. ¿Por qué tenía que volver a repetirlo todo? Abrió la boca y pronunció las palabras, pero el sonido de su voz era monstruoso. Gorgoteó y olió su propia saliva podrida.

Harvey escuchó lo mejor que pudo, pretendiendo jugar con un palo de golf que había traído consigo. "Mm-hmm", murmuraba apaciblemente cada vez que Jim parecía detenerse.

"Estoy cansado, muy cansado", le dijó a Mikelson.

"Lo que necesitas es descansar, un largo descanso", dijo Harvey. Mikelson tenía razón. Jim le creyó, porque Harvey nunca mentiría.

Jim Richardson ni siquiera oyó el silbido del viento cuando el palo de golf de Mikelson se balanceó con fuerza en el aire, y gracias a las venenosas toxinas en su cuerpo no sintió nada cuando el robusto palo se conectó con su cráneo podrido, rasgando el piel de su cuello y desconectando completamente su cabeza de su cuerpo.

Aterrizó en el fregadero, las gotas de agua cayeron en su boca abierta.

Harvey Mikelson miró a Sandberg con una sonrisa sombría y dijo: "¡Fore...!"

CAPÍTULO 1

Es jueves por la noche.

Mientras estoy acostada en mi cama en el dormitorio de UCLA, la niebla comienza a borrarse de mi mente. Estaba durmiendo, y de pronto me di cuenta de que ya no lo estaba haciendo. ¿Qué me despertó? Escuché atentamente los sonidos que me rodeaban, la habitación estaba demasiado oscura para ver. Pronto pude identificar el sonido de mi compañera de cuarto, Lilith, moviéndose. Mientras me esforzaba por escuchar lo que estaba haciendo, me di cuenta de que había vuelto al fregadero; estaba tomando un trago de agua... de nuevo. Gruñí y arrojé mis mantas ligeras, balanceando mis pies hacia el piso. El piso se sentía helado, a pesar de que la noche era cálida, lo suficientemente cálida para que las ventanas estuvieran abiertas.

"Lil, ¿estás despierta? ¿Tienes sed otra vez? Quizás estás enferma. Deberías ver it campus médico". Todo lo que pude escuchar en respuesta era que tragaba el líquido del grifo helado. Miré el reloj: 11:30 p.m. Llegué alrededor de las 8:30 p.m., temprano para mí, debido a un importante examen de biología. Estaba preparada, pero quería descansar bien. Esta era la segunda vez que Lilith lograba despertarme tratando de saciar su sed inagotable.

Mientras escuchaba los sonidos que hacía mientras bebía, sentí una punzada de envidia; Encontraba el agua repulsiva. Comenzó con un ligero sabor amargo que me desanimó, y había empeorado mucho en los últimos meses. Simplemente no podía soportarlo, no podía pasarla por mi nariz, pero parecía no molestar a nadie más. Me moría de ganas de probar agua buena, de sentir que seguía su curso desde mi boca hasta mi estómago, pero no podía. El hecho es que todos los demás continuaron bebiéndola tranquilamente, incluso en su estado pútrido. Ahora que estaban transmitiendo por toda la televisión que en realidad estábamos atravesando escasez de agua por todas partes. No decían nada en relación al sabor y el olor de la misma. Nada de esto tenía sentido para mí, pero a ninguna otra alma parecía importarle la situación.

El agua no era el único problema, y tampoco lo era la actitud despreocupada de todos los demás hacia esta situación. Estos eran solo la punta del iceberg. La verdad del asunto es que estas cosas estaban acompañadas por un problema que me provocó un escalofrío y aprensión: nadie era el mismo. En ese momento, no pude poner un dedo en las diferencias que vi, por lo sutiles que eran. Pero estaban allí, sin embargo. Todo el mundo estaba solo... apagado. En ese momento, sentía como si hubiéramos despertado en un universo paralelo donde todo es igual, pero a su vez, oscuramente diferente. Esta es la única forma en que puedo describir los cambios en la personalidad que estaba presenciando en ese momento. Ahora sé que se trata de algo que va mucho más allá.

Toda mi vida había comenzado a caracterizarse por la aprensión y la sospecha cuando se trataba literalmente de todas las personas con las que tenía contacto, en el campus y fuera de él. En esos días iniciales, antes de saber lo que estaba sucediendo en el mundo que me rodeaba, simplemente pensé que me estaba volviendo loca poco a poco. ¿Cómo podrían todos estar diferentes excepto yo? Había empezado a concluir que no solo estaba paranoica, sino que también tenía ilusiones fantasiosas. Cuando me di cuenta de que todo lo contrario era cierto, sentí una extraña mezcla de terror y alivio que era bastante desconcertante.

La gente estaba cambiando, y no solo en Los Ángeles. Estaban cambiando en todo el mundo. Inicialmente solo era de comportamiento: mal genio, períodos más largos con menos sueño, etc. Pronto comencé a notar el empalme de su piel, la piel de todos. Había un vacío en sus ojos que en realidad parecía progresar, y honestamente puedo decir que fue la peor parte entonces. La mirada, o falta de ella, en sus ojos. Nadie estaba 'en casa' excepto yo.

La luz del baño se encendió, iluminando la habitación hasta el punto en que podía asimilar las cosas. Me puse de pie para ir al baño y Lilith salió del baño al mismo tiempo.

"¿Te desperté de nuevo?". Su voz no tenía inflexión; la expresión ni siquiera parecía una pregunta. Era una oración muerta que salió inerte y sin vida de su boca.

"Tenía que ir a orinar de todos modos", respondí. "No te preocupes, ¿cómo te sientes?".

"Bien. Estupenda". Esa fue su única respuesta cuando se metió en su cama y se cubrió con al menos tres mantas, la parte superior era un edredón pesado y acolchado. ¿Cómo podría tener frío? Tenía que estar a ochenta grados afuera, y no había brisa. Este era otro comportamiento fuera de lugar del que había tomado nota recientemente, y no solo con Lilith; la mayoría de los estudiantes y profesores se ponían suéteres y chaquetas todo el tiempo, y era septiembre.

"¿Has pensado en ver al médico?". Lilith emitió un gruñido enojada; ya comenzaba a quedarse dormida y mis palabras la molestaron. Como dije, mal genio.

Me alivié y volví a la comodidad de mi cama, pero el sueño me eludiría por el resto de la noche. Gracias al café. Me zambullí y di vueltas incesantemente, pensando en Lilith, el agua y la forma en que el mundo a mi alrededor parecía estar fuera de control. Estaba perdiendo la cabeza...

Terminé encendiendo la pequeña lámpara de escritorio junto a mí en mi mesita de noche y llevando mis estudios de biología a la cama conmigo. Pensé que si la luz no molestaba a Lilith podría grabar mis apuntes aún más profundamente en mi cerebro. Después de una noche sin dormir, necesitaría toda la ayuda que pudiera obtener. Afortunadamente mi compañera ni siquiera se movió; durmió como muerta hasta alrededor de la 1:15 a.m. En ese momento se levantó para tomar más agua, y este patrón continuó hasta las 7:30 de la mañana, cuando fui a buscar el desayuno en el comedor.

A lo largo del día me enfrentaría a más pruebas, además de la que presentaría en Biología.

CAPÍTULO 2

Si bien este día sigue siendo un poco borroso en mi mente, también es dolorosamente claro. Este sería el día en que las cosas se volvieron mucho más claras para mí. Sería el día que probaría cambiar mi vida entera, resolvería las cosas; los vería por lo que realmente eran.

Después de tomar un pequeño desayuno, crucé el campus y tomé mi examen de Biología, sintiéndome bastante satisfecha de haberlo aprobado. Era un alivio, ya que me había preocupado por la falta de sueño que había tenido. Salí del laboratorio casi caminando en el aire. La prueba había durado tres horas; pronto sería hora de almorzar. Decidí dar un paseo por el distrito comercial, tomar un buen café y un sándwich.

El paseo era refrescante y hermoso, estéticamente hablando. Todos a los que miraba parecían dar tumbos esforzándose por mantenerse en pie, sin poder andar por completo. Todos estaban pálidos y carecían de energía, sin embargo, se esforzaban para hacer frente a su siguiente tarea, sea cual fuese. Cada persona con la que me encontraba, incluso en el café, estaba dispersa, dando respuestas cortas a preguntas o haciendo preguntas que consistían en pocas palabras. No había conversaciones ni risas; había una nube oscura sobre el mundo entero.

Mientras almorzaba, noté algo que no solo era perturbador, sino que me daba escalofríos en la piel. O no lo había notado antes, o era un cambio nuevo en los que me rodeaban. Las áreas de la piel pálida de estas personas se estaban volviendo un gris verdoso, y noté que en varias personas (mi camarero incluido), estas manchas grises parecían estar desconchándose. El tipo que me servía en realidad estaba dejando rastros de sí mismo, y esto me obligó a prestar más atención a todos los demás. La metamorfosis obviamente estaba llegando a otra etapa. Todo el café estaba bebiendo agua incontrolablemente.

Fue en este momento que finalmente decidí tomar parte del agua del grifo del lavabo de mi baño y ponerla bajo el microscopio en el laboratorio. La situación estaba fuera de control, y a nadie parecía preocuparle excepto a mí. ¿Qué me había llevado tanto tiempo para tomar esta decisión? No sabría decirlo, pero una vez que la idea llegó a mi cabeza no podía dejarlo pasar. Se me hizo un nudo en el estómago al ver la piel quebradiza de mi camarero, así que pagué la cuenta y dejé el resto de mis sandwich Reuben y las patatas fritas en la mesa junto al café y el vaso lleno de agua pútrida que me habían traído.

El departamento de Biología estaba lleno de todo lo que pudiera necesitar para recolectar el agua sin contaminarlo, así que en el camino a casa me detuve y obtuve varios kits de recolección estériles para guardar mis muestras. Usé uno para sacar agua del baño de mujeres en ese edificio. Luego volví al dormitorio y recogí una muestra de mi baño. También agarré mi mochila morada con mis libros y la vacié, con la excepción de una nueva libreta espiral, mi ordenador portátil y mi teléfono. También me aseguré de tener un subrayador, lápiz y bolígrafo. Luego empaqué mis dos muestras de agua y el resto de mis kits de recolección también y volví al distrito comercial. Me quedaban tres kits, y planeé recolectar muestras de agua en un par de negocios en la ciudad, además iría de excursión al Río de Los Ángeles y obtendría una muestra de allí.

Aparte de unos pocos gruñidos y miradas sombrías de aquellos a los que había comenzado a referirme mentalmente como 'zombis', mi aventura se desarrolló sin incidentes. Durante mi excursión, me centré en prestar mucha atención a quienes me rodeaban, y noté que los automóviles en la calle parecían girar con bastante frecuencia; esto me alarmó. Estas personas estaban luchando para caminar correctamente, sin embargo, estaban conduciendo vehículos con total normalidad. El verdadero impacto de la situación se estaba profundizando, y mi preocupación gradualmente fue cediendo al miedo.

También me di cuenta de una serie de desacuerdos entre personas al azar en la calle. Las voces muertas y sin vida estaban alcanzando tonos cálidos, y esto estaba ocurriendo en todas partes donde parecía ir. Me aseguré de mantenerme en secreto; Estaba muerta de miedo, y lo peor estaba por llegar.

Con mi muestra final en la mano, volví al campus y al laboratorio de biología para hacer uso del equipo allí. Planeé tomar notas completas y luego ir a la biblioteca con mis hallazgos para poder ordenar este desastre lo mejor que pudiera. La molesta enfermedad que sentía en mis entrañas estaba carcomiendo mi cerebro, y estaba decidida a calmarlo con algo más que licor, aunque esa solución se me había pasado por la mente más de una vez.

Agarré un autobús que se dirigía al campus y encontré un asiento en la parte trasera cerca de la puerta de atrás; Quería bajarme y comenzar mi prueba con el menor obstáculo posible. El campus era un buen paseo de quince minutos, así que abracé mi mochila, que estaba firmemente asentada en mi regazo, y me instalé para el viaje. Fue en este punto que uno de los caras grises que había subido al autobús conmigo intentó sentarse junto a una mujer mayor. La mujer estaba mirando fijamente por la ventana cuando el hombre se sentó, pero cuando el autobús se alejó de la acera y ganó velocidad, se giró hacia el hombre y le dijo: "¿Podrías sentarte en otro lado?". Una vez más, la voz que salía de su boca era plana y sin vida, pero parecía un poco molesta por su presencia. Fue la mayor emoción que había presenciado de alguien en mucho tiempo

"Cambiáte tú de sitio", fue su respuesta.

De repente, la mujer se balanceó sobre él con lo que parecía ser un poderoso revés. El golpe se conectó por completo con la parte frontal de su cara, lo derribó del asiento y desollando la carne de su nariz como si fuera mantequilla. Un gruñido vino desde lo más profundo de su ser, y pareció no sentir dolor cuando se levantó y fue hacia ella. Mi corazón latía con fuerza y podía sentir la sangre hirviente bombeando por mis venas. La agarró y la levantó de su asiento, tirándola como harapos al piso del autobús. Fue entonces cuando las cosas se convirtieron en pesadillas, horribles, por decir lo menos. A medida que yacía allí luchando contra su peso a la altura de los pies del hombre, se arrodilló sobre ella y le dio un bocado suculento de la mejilla. Gruñó y gruñó, pero no gritó; no, yo era quien estaba gritando, pero nadie me prestó atención. Todos miraban con ligeras sonrisas y labios cubiertos de saliva. El hombre se dio un festín con la comida que se retorcía hasta que la pelea se hizo demasiado fuerte para él, momento en el cual golpeó sin esfuerzo su pecho, aliviando su lucha casi hasta la nada.

El autobús se detuvo para dejar a un pasajero en el frente, y no dudé: corrí temiendo por mi vida, bajé del autobús en dirección al campus. Sé que estaba llorando desconsoladamente, y creo que grité la mayor parte del camino de regreso. En retrospectiva, sin embargo, creo que mis gritos estaban en mi cabeza, pero para mí fue ensordecedor.

R.W.K. Clark

CAPÍTULO 3

Corrí todo el camino hasta los dormitorios, mi miedo me llevó a pasar por alto el laboratorio por completo. Corrí a mi habitación y cerré la puerta, asegurándome de que estuviera bien cerrada. Luego arrojé mi mochila al suelo y me dejé caer en la cama llorando histéricamente y en un estado de hiperventilación.

"Mantén el control, mantén el control", me repetí una y otra vez. Mi cuerpo temblaba incontrolablemente y no sentía nada más que hielo, a pesar de la fina capa de sudor que cubría mi cuerpo. Cada ruido que escuché al otro lado de la puerta de mi habitación era uno de ellos; no podría ser nadie más. Yo era el único humano real que conocía.

"Vamos, Alicia; toma el control de ti misma". Me obligué a controlar mi respiración, manteniendo mis ojos pegados a la puerta hasta que estuve lo suficientemente calmada como para pensar con claridad. Tenía que llegar al laboratorio; tenía que descubrir qué estaba pasando. O el mundo se había vuelto loco o yo estaba soñando. Mi mente regresó a la escena violenta en el autobús y mi estómago dio un violento bandazo. Apenas llegué al baño antes de que viniera el vómito, y vomité hasta que no salió nada más. Ni siquiera podía enjuagar el sabor de mi boca porque el agua estaba envenenada. Me dirigí al mini refrigerador que Lilith y yo compartimos y saqué un refresco de él. Lo agité a alrededor de mí boca y lo escupí en el lavabo del baño. Luego engullí alrededor de la mitad de la botella. Me estaba muriendo de sed.

En un esfuerzo por aclarar mi mente más rápidamente y mantenerme en contacto con la realidad, comencé a caminar vigorosamente por la sala, ordenando mis pensamientos a medida que avanzaba. Mantuve un ojo constante en la puerta, y escuché con atención cualquier sonido proveniente del otro lado. Escuché a muchos pasar, pero nadie disminuyó la velocidad o se detuvo.

∞

Después de alrededor de una hora estaba lo suficientemente relajada como para convencerme de continuar con mi misión.

Agarré mi mochila, que contenía mis preciadas muestras de agua, y abrí la puerta de mi habitación lo suficiente para poder ver el pasillo. Una niña corría hacia una puerta al final del pasillo; estaba de espaldas a mí y no parecía darse cuenta de que la estaba mirando. Aproveché la oportunidad y asegurándome de tener la llave de la habitación, entré en el pasillo, tirando de la puerta cerrada con llave y cerrándola detrás de mí.

La caminata hasta el laboratorio transcurrió sin incidentes, y estaba aterrorizada y muy cautelosa. Noté que a pesar de que todos parecían estar en este estado monstruoso, la mayoría no se fijaba en mí o en ningún otro. ¿Qué pudo haber provocado la escena violenta en el autobús? Ciertamente, algo muy específico motivó el espantoso cambio de humor de la mujer, que había comenzado toda la pesadilla. ¿Qué estaba pasando realmente?

Una vez que llegué al laboratorio, me dirigí a la estación de trabajo aislada en el rincón más alejado para poder someterme a las pruebas. Reuní las cosas que necesitaría y comencé el proceso de probar todas las muestras que había adquirido ese día. Tomé notas vigorosas, y me encontré garabateando pensamientos y teorías más de lo que me hubiera gustado. Mis hallazgos iniciales, aunque completamente alucinantes e irreconocibles para mí, fueron petrificantes. Había detectado un bacteria en el agua, y aunque no la reconocí de cualquier libro de recursos en el laboratorio, sabía que sería capaz de identificarlo en la biblioteca. Al menos, podría si alguna vez se hubiera reconocido antes.

La bacteria estaba en todas y cada una de las muestras, y era abundante. La peor parte era que parecía haberse adherido a lo que yo consideraba moléculas no identificables dentro del agua, y las bacterias crecían a un ritmo alarmantemente rápido. Cómo deseé tener una muestra pura y limpia para compararlas, pero no la tenía. Necesitaba realizar la mayor cantidad de investigación posible para identificar las moléculas y bacterias desconocidas; tenía la sensación de que el giro que había tomado el mundo se debía al agua y que no podía atribuirse a nada más. Necesitaba resolver este misterio y encontrar una forma de rectificar la situación y las vidas de todos a mi alrededor. Mientras empacaba mis cosas en mi mochila, prometí a mí misma que no ingeriría agua en ningún momento, lo que no sería difícil; el mismo olor me revolvía el estómago, incluso desde la distancia. Tendría que aprender a vivir sin agua limpia.

En cuanto al baño, tenía un microondas en la habitación que utilizaba para tareas menores en la cocina. Pensé que al día siguiente herviría un poco de agua y le echaría un vistazo en el laboratorio una vez que se hubiera despejado por la tarde. Si hervir funcionara para limpiarla, me lavaría solo con esponja hasta que el mundo se arreglara o no lo haría. De lo contrario, recurriría a un poco de champú seco y toallitas húmedas para bebé en la farmacia. Había que hacer algo, porque olerme a mí misma por encima de todo este caos era una idea insoportable.

Salí del laboratorio, con la mochila colgada de un hombro, y me dirigí a la biblioteca para investigar sobre mis hallazgos. Me dirigí hacia mi destino con los ojos hacia el suelo, manteniendo el ritmo. Esperaba poder resolver el problema y encontrar la solución lo antes posible.

R.W.K. Clark

CAPÍTULO 4

Cuando me acercaba a la biblioteca, eran casi las 5:00 p.m., y tomé nota de todos los 'zombis' que holgazaneaban alrededor de la entrada principal. En su mayoría estaban arrastrando los pies y mirando inexpresivamente. Un chico, de unos 20 años, estaba luchando para manejar su bicicleta correctamente. Me invadió una abrumadora sensación de inquietud ante la idea de acercarme a él, pero me levanté y al mirar al frente, comencé a pasarlo. Justo cuando lo estaba dejando atrás, sus frustraciones lo abrumaron; simplemente no podía maniobrar con eficacia su bicicleta. Levantó la bicicleta por encima de su cabeza y la golpeó violentamente contra el suelo, emitiendo gritos y gruñidos. Se inclinó, recuperó la bicicleta y repitió sus acciones. Comencé a temblar, alejándome de él con miedo mientras lo hacía varias veces. Los otros observaban, y parecía que con cada repetición de sus acciones se volvían cada vez más irritados, incluso disfrutando de la violencia que exhibía. Finalmente logré recuperar mi ingenio y a medida que el grupo de rostros grises se acercaba, pude salir de mi trance petrificada y hacer un alto en la puerta de la biblioteca. Esperaba que el grupo de enfrente significara que el edificio estaba vacío.

Había tres personas adentro. Dos vagaban sin rumbo hacia la parte posterior del área común, mientras que el tercero se sentó atentamente leyendo un libro y tomando notas. Parecía un poco diferente, como si tuviera un propósito, como si supiera lo que quería hacer, y era capaz de hacer el trabajo de manera efectiva. Esto no era característico de las personas de sangre caliente que ahora habitaban en el mundo. En un esfuerzo por obtener una mejor vista, me senté a solo tres sillas de él, y mientras sacaba las notas de prueba de mi mochila, lo miraba con cuidado.

Su rostro estaba lleno de color; él estaba bastante caliente, en realidad. No había un tinte gris en su tono. Sus ojos tenían vida. Me aclaré la garganta sin ser demasiado obvia, y su cabeza se levantó rápidamente. Hicimos contacto visual de inmediato.

"Esta es una biblioteca, ¿sabes? deberías estar un poco más quieta". Sus palabras parecían de confrontación, pero sus ojos sonreían. ¿Se dio cuenta de que yo no era un zombi? Podría decir que no; tal vez la apariencia de mi normalidad también era obvia para él.

"Lo sé... dolores de garganta". No pude evitar sonreír por completo. Me sentí tan aliviada de ver a un ser humano normal que literalmente estaba al borde de las lágrimas. Me contuve con todas mis fuerzas. "Soy Alicia... eh, Alicia Gaden".

Casi esperaba que saltara y comenzara a arrastrar los pies y a gruñir, como si hubiera llegado a conclusiones peligrosas. Estaba aprendiendo rápidamente que, aunque los zombis eran bastante funcionales, parecían irritarse rápidamente, y su capacidad para controlar su irritación era mínima. ¿De verdad acabo de hacer estallar otra cara gris?

"Soy Jace Booth. Estás sonrojada. En esta época, es casi increíble verlo como... ¿normal?".

Solté el aliento que había estado conteniendo con toda mis fuerzas; Estoy seguro de que fue audible, pero no me importó. ¡Sí, sin duda, verte es todo un alivio!".

Jace dejó su pluma encima de su libreta y se sentó, cruzando los brazos sobre su pecho. "¿Qué poseería una jovencita normal como tú para desafiar a las tropas mortales y venir a estudiar?".

¿Jovencita? Tenía 21 años, y no podría ser mucho mayor que yo, si es que lo era. Estaba siendo caballeroso. "Estoy investigando un poco. Soy estudiante de Biología, y...".

"Biología, ¿eh? Yo me especializo en química. ¿Qué te trae a la biblioteca con todo este caos? Debes tener más pelotas que cualquier chica que haya conocido. Las cosas se ven más complicadas para el mundo que nunca, pero aquí estás".

Abrí la boca para responder, pero justo entonces comenzó una conmoción hacia la parte trasera del área común. Una conmoción entre los dos zombis. Jace se giró en su silla cuando percibió los gruñidos que emitían desde la parte trasera de la habitación. Solo miré.

Un zombi estaba sosteniendo un gran libro; el otro quería el libro. Era así de simple. Lo que comenzó como un segundo tirón de guerra pronto se convirtió en una batalla en toda regla, solo que no fueron los puños los que comenzaron a volar. Eran dientes crujiendo y las manos desgarrando la carne. No podía soportar otra confrontación de este tipo, y en cuestión de segundos me dejé caer al suelo y me situé debajo de la mesa de estudio como refugio. Pasaron solo unos segundos hasta que Jace se unió a mí. Le di la bienvenida a su compañía de todo corazón.

Él comenzó con "¡Hola!". Luego continuó expresando pensamientos que parecían míos más bien: "No creo que mi estómago pueda soportar otra pareja de monstruos devorándose el uno al otro". Parece que está sucediendo más a menudo últimamente".

"Vaya, entonces no soy solo yo...".

"No. Es la realidad". Esta fue su única respuesta. Dirigimos nuestra atención a escuchar los ruidos húmedos de masticar y crujir procedentes de la parte trasera. Me tapé las orejas y apreté los ojos con fuerza. No sé cuánto tiempo me quedé así, pero cuando abrí los ojos, Jace estaba mirando al suelo. Estaba sentado de espaldas con las rodillas dobladas y los brazos fuertemente apretados alrededor de las piernas. Saqué los dedos de mis oídos, atrapando su atención.

"No te preocupes. Creo que casi ha terminado".

Lo único que podía oír era un gruñido y algunos sonidos húmedos, pero los ruidos habían disminuido en gran medida. Después de unos momentos, escuché a alguien arrastrar los pies, con pasos incómodos. La puerta de la biblioteca se abrió y se cerró, y todo estaba en silencio.

Jace miró por encima del borde del escritorio del estudio y escaneó la zona antes de decir: "Creo que se acabó, creo que podemos salir".

Lentamente salimos de donde nos resguardábamos. La biblioteca fue estaba callada y no había movimiento en ninguna parte. Jace me miró, y yo a él. "¿Entonces que estás haciendo aquí? No tiene mucho sentido para ninguno de nosotros. Quiero decir, ¿realmente esperamos terminar nuestra educación universitaria en este momento?". Él sonrió. "Estoy tratando de mantener mi mente en algo cuerdo. Mis estudios son todo lo que puedo considerar en ese intento".

"Estoy tratando de descubrir qué diablos está pasando aquí", le contesté.

Sus ojos se abrieron de par en par. "¿De verdad? ¿Qué estas haciendo exactamente?".

Respiré hondo y, echando una última mirada alrededor de la biblioteca, me dejé caer en la silla. "Estoy bastante segura de que es el agua. Quiero decir, me resulta repulsiva, pero parece que vemos a estos monstruos sorberla cada vez que tienen oportunidad.

No la tomo ni me lavo con ella, y todavía estoy bien. ¿La estás bebiendo?".

"¡Ah, el denominador común!". Jace agarró sus cosas y se movió a la silla frente a la mía. "No puedo beberla, ni quisiera si lo intentara. Estoy haciendo una dieta de bebidas gaseosas y una gran cantidad de bebidas destiladas de la tienda". Ahora entiendo, ¿por qué no había pensado en eso? "Entonces, ¿has hecho alguna investigación o has tenido alguna idea?".

Me tragué el bulto masivo que tenía en la garganta y puse las manos debajo de mis muslos para estabilizar mi temblor. "En realidad, recogí varias muestras de agua de diferentes lugares, incluido el río Los Ángeles, los llevé al laboratorio de Biografía y realicé algunas pruebas. Si bien no puedo especificar lo que encontré, hallé algunas cosas bastante inquietantes. Vine a la biblioteca para investigar mis hallazgos".

"Entonces, ¿quieres decirme qué sabes específicamente? Quiero decir, tal vez puedo ayudar con la investigación. Eso es lo que he estado haciendo. No tengo una idea real de lo que está pasando, así que he estado tratando de rastrear cualquier circunstancia histórica que pueda darme respuestas. Debo decir que no hay ninguna, y me gustaría deducir las cosas que están sucediendo antes de convertirme en plato principal". Jace sonrió sombríamente, lo que me impulsó a hacer lo mismo.

"Bueno, lo que encontré en mis muestras era una bacteria, y estaba unida a moléculas desconocidas en cada muestra que probé. Si hubiera tenido los materiales que necesitaba mientras estaba en el laboratorio, habría sido capaz de identificar las moléculas; se veían bastante básicas y generalmente inofensivas para mí. Pero a su vez esas bacterias se estaban reproduciendo a una gran velocidad y parecían muy volátiles. En una muestra, obviamente destruyó toda la vida con la que entró en contacto. Por lo que vi, solo puedo concluir que ninguna de las personas que nos rodea, comiendo y golpeándose, está realmente viva. Estoy convencido de que están muertos... zombis". Inhalé bruscamente y aparté mi mirada de su cara confusa y abrumado, posando mi mirada sobre el suelo.

"Alicia, ¿hablas en serio? ¿Tienes alguna idea de lo que has encontrado?". Parecía completamente incrédulo, pero no podía decirle nada más que lo que había aprendido. Cogí mi libreta y le indiqué que se sentara en la silla contigua a la mía. Dio la vuelta al escritorio y se sentó mientras abría la libreta de espiral.

Yo había esbozado y escrito mis observaciones, y procedí a desglosarlos para él. Escuchó atentamente todo lo que tenía que decir, y cuando terminé, me miró a los ojos.

"¿Ves la televisión? ¿Has oído algo sobre el agua en las noticias?".

Negué con mi cabeza. "No, escuché en la radio varias veces que el mundo está experimentando una escasez de agua bastante grave, pero no lo tomé en serio hasta hoy. Quiero decir, ¿es una escasez, o estos monstruos están tratando de quedársela toda para ellos? Parecen ser adictos a ella".

Él pensó por un momento. "¿Crees que el wi-fi aquí está activo? Podríamos ir e intentar encontrar comunicados de prensa que se relacionen".

Esta fue una idea brillante, una que más que bienvenida. Recogimos nuestras cosas y nos dirigimos al segundo piso con cautela. Estaba vacío. Ni un alma estaba allí. Fuimos a una mesa que nos daba una vista completa hacia las escaleras, y abrí la bolsa y saqué mi laptop de sus confines. En poco tiempo estábamos en línea, y estábamos a punto de aprender más de lo que alguna vez esperamos encontrar.

R.W.K. Clark

CAPÍTULO 5

Jace y yo nos instalamos en nuestro nuevo lugar y pusimos en marcha mi computadora portátil y en línea. Realmente no estaba segura de por dónde empezar, así que simplemente busqué el término 'agua del grifo' como un comienzo. Era un tramo, pero tal vez podría encontrar algo, cualquier cosa, que nos llevara al próximo paso. Por supuesto, me di cuenta de que, hasta donde yo sabía, Jace y yo éramos los únicos que no se habían visto afectados por la reciente situación, pero tal vez alguien más intentara al azar compartir información con la esperanza de aprender algo también.

Revisamos las opciones que a nuestra disposición. Lo primero que encontré, aunque remotamente relacionado con nuestra situación, fue un video de un noticiero en el que se hablaba de medicamentos contenidos en el agua del grifo prácticamente en todas partes. El video era solo de un par de minutos, pero muy informativo a su vez, y me hizo pensar en algunas ideas.

Cuando terminó, recurrí a Jace y le dije: "Quiero encontrar un libro que me dé algunos ejemplos de la estructura molecular de varios productos farmacéuticos".

Él me dio una sonrisa. "Sé exactamente el libro que estás buscando. Espera aquí". Se levantó de un salto y desapareció, pero pude oírlo a unas pocas pilas de distancia. Cuando regresó, leyó un volumen masivo titulado Molecular Biopharmaceutics. Mis ojos se iluminaron cuando extendí la mano para tomar el volumen de sus manos.

"¡Perfecto!", exclamé. "Justo lo que estoy buscando". Busqué mi cuaderno de espiral. Había esbozado muchas cosas que había encontrado en las muestras de agua, las moléculas normales pero no identificadas que había encontrado. Durante las siguientes dos horas, hojeamos el libro de recursos e hicimos comparaciones, incluso identificamos muchas de ellas. Finalmente llegamos a una conclusión bastante sólida. Tal como lo dijo la noticia, el agua del grifo estaba prácticamente llena de medicamentos farmacéuticos, y una gran variedad.

∞

Eran las 10:00 p.m., y mientras esperaba ser expulsado de la biblioteca, mi mente estaba completamente consciente de que esto probablemente no iba a suceder. Eso no nos detuvo a los dos de mantener un ojo en la puerta en todo momento y mirar nerviosamente sobre nuestros hombros. Incluso hablamos en voz baja, a pesar de que sabíamos que estábamos solos en el edificio.

Anoté el nombre de cada medicamento al lado del dibujo que había creado, lo que facilitó la identificación mientras continuamos investigando. El siguiente paso fue identificar las bacterias que parecían haberse adherido a las moléculas de fármacos en el agua. Fue mi turno de sacar un libro de las estanterías.

Jace me acompañó en mi búsqueda, insistiendo en que no estoy sola, independientemente del hecho de que obviamente no estábamos amenazados. Me atrevo a decir que los dos sabíamos que estábamos mejor de lo que creíamos. Juntos nos abrimos paso hacia la pila elegida, y pasé el dedo por las columnas hasta que localicé el volumen que estaba buscando, Las bacterias: su origen, estructura, función y antibiosis: primera edición. Lo mejor de mi capacidad me había permitido esbozar la bacteria, a pesar de que no había sido fácil. En mis estudios, nunca había visto una tan compleja o agresiva, pero estaba segura de que su imagen se quedaría grabada para siempre en mi mente. Era una monstruosidad y muy agresiva.

∞

Hacia la medianoche, estábamos a tres cuartas partes del libro, sin resultados. Lo primero que encontramos fue una rara bacteria originaria de Zimbabwe que había probado comer individuos de adentro hacia afuera. Los casos registrados siempre dieron como resultado la muerte, pero no muertos vivientes y por lo que leímos se había contenido por completo hace años. A la 1:00 a.m. agotamos nuestra búsqueda a través del volumen en vano.

"Voy a salir en un pie de aquí", comencé. "La bacteria que encontré en las muestras se parecía mucho al comedor de carne". Había revisado la página anteriormente, y ahora volví a ella para ampliar mi idea. "Mi teoría es que la bacteria que vi está relacionada de alguna manera, o tal vez incluso sea una versión mutada. Podemos preguntarnos cómo y eso nos ayudaría a determinar qué pasos dar para cambiar esta situación".

La cara de Jace se puso sombría. "Alicia, si estas personas están realmente vagando por ahí muertas y funcionando al mismo tiempo, no veo una forma de revertir nada. Supongo que nuestra única oportunidad es descubrir como limpiar el agua y seguir adelante".

Me sumí en mis pensamientos por un momento. "Digamos que tienes razón. Si ese es el caso, entonces es vital que tomemos medidas para limpiar el agua. Tal vez sin esta, los zombis finalmente morirán de verdad. Solo sé que no podemos vivir sin agua potable, y las toallitas húmedas para bebés y el champú para cabello seco no me mantendrán limpia para siempre".

Comenzamos a discutir nuestra idea. El clip de noticias acerca de los productos farmacéuticos en el agua había dejado claro que los sistemas de filtración de hoy en día, simplemente no están diseñados para eliminar los restos de metales y las drogas en el suministro de agua. Necesitábamos encontrar el mejor método para hacer eso. La pregunta era: ¿lo haríamos solo por sobrevivir o también como un intento de erradicación?

Mis ojos se estaban ásperos y me dolía la espalda y el cuello. Jace con frecuencia se estiraba o caminaba, delatando su nivel de incomodidad. Sugerí que lo dejáramos por una noche, pero él no quería separarse.

"Tu propia compañera de dormitorio está en este estado. No te dejaré ir a tu habitación y tomar riesgos. Mira, soy totalmente inofensivo, de verdad". Sonrió. "Puedes venir a mi apartamento. Está a unas seis manzanas del campus. O, si lo prefieres, podemos quedarnos aquí y tomar algunos descansos detrás del mostrador principal. Mi único problema con eso es que el bibliotecario zombi estará aquí a las seis de la mañana. ¿Quién sabe hasta dónde ha progresado esto en las últimas horas?".

Finalmente nos instalamos en el armario del conserje. Barricamos la puerta con sillas de la biblioteca y colocando nuestras cabezas en nuestras mochilas, nos acurrucamos un poco para sentir un poco de calor. Mientras estábamos acostados uno al lado del otro, hablamos sobre nuestros planes tentativos para el día siguiente y finalmente nos quedamos dormidos profundamente.

CAPÍTULO 6

Mis ojos se abrieron para ver a Jace moviendo sillas en silencio frente a la puerta del armario. Me senté y me froté los ojos, luego seguí mirándolo. Se volvió para colocar una silla fuera del camino y dándome cuenta de que estaba allí sentado, dijo un gentil 'buenos días'. Sonreí y correspondí el saludo.

Recogimos nuestras bolsas y Jace me tomó de la mano. Abrió la puerta y miró a su alrededor, asegurándose de que tuviéramos una salida clara y segura. Lo primero que hizo fue conducirme a una silla en un escritorio de estudio. "Saca un libro o algo. Actúa lo más normal posible". Se sentó frente a mí y rebuscó en su bolsa, sacando un cuaderno y un bolígrafo.

Miré alrededor del cuarto. Había cuatro caras grises presentes. Parecían estar vagando sin rumbo, sin ningún propósito. Jace agitó su mano frente a mi cara, devolviéndome a la realidad.

"Pensé mucho anoche, y aquí hay algunas ideas. Una, di vuelta en mi mente a las rabietas que los zombis tienen. Parece que están bien hasta que se agitan. Ahí es cuando parece que comienzan a ponerse violentos y comienzan a comerse unos a otros". Hizo una pausa para darme tiempo a pensar sobre lo que dijo. Tenía que estar de acuerdo. Las situaciones violentas que había presenciado habían comenzado con un enfado, o al menos eso parecía. Asentí con la cabeza hacia él de acuerdo.

"Creo que si mantenemos la calma y nos mantenemos alejados, manteniéndonos juntos, tenemos buenas posibilidades de evitar problemas". Asentí de nuevo.

"En segundo lugar, debemos dirigirnos a la tienda de comestibles y obtener cuatro o cinco jarras de agua destilada para nosotros. Iremos hoy, cuando salgamos de aquí, y las guardaremos en mi casa. También podemos usarla como refugio. No es suficiente que tengamos agua; debemos eliminar el veneno del suministro de agua pública existente si tenemos la oportunidad de ver algo normal de nuevo".

Entrecerré los ojos en confusión. "¿Cómo propones que hagamos eso, Jace? ¡No tengo idea de lo que implicará! ¿Tú sí?".

"Bueno, puede ser exagerado, pero si podemos entrar a la instalación de purificación de agua podemos averiguar cómo drenar el suministro. Esto pondría fin al consumo del agua de cada grifo existente. Con suerte, esto nos daría una ventaja sobre estos monstruos. Si nada más pudiéramos ver qué sucede cuando no tienen acceso al agua. Voy a tomar algunos libros sobre la purificación del agua. Siéntate aquí, vuelvo enseguida. Si alguien comienza a presentar síntomas de piel escamosa, toma tu bolsa y ve a la Pila 22".

Asentí con la cabeza para que me entendiera y lo mire mientras se dirigía hacia las pilas. Mis ojos comenzaron a explorar de inmediato la escena que tenía delante. Uno de los zombis era Claire Hunt, la bibliotecaria principal. Vaya, ella era un desastre. Una de sus orejas obviamente estaba colgando del peso de su pendiente. Se sacudió violentamente mientras intentaba y no podía guardar los libros, y rápidamente perdió la paciencia. Tuve cuidado de no mirarla directamente en caso de que ella tuviera alguna conciencia en su mente muerta que pudiera permitirle verme de vuelta. Ciertamente no quería que se comiera mi cerebro de desayuno.

Continué manteniendo mi cabeza baja, mirando cada pocos segundos fuera de las esquinas de mis ojos. De repente escuché un alboroto en la pila cuando Claire Hunt estaba trabajando. Mis ojos se voltearon para ver dos rostros masculinos, también con rostros grises, cada uno tirando de los brazos de la Sra. Hunt como si estuviesen involucrados en un macabro juego de guerra. Parecía furiosa, incluso con esos ojos vacíos y huecos, y estaba retrocediendo con todas sus fuerzas. Gorgoteos y ruidos de saliva brotaban desde la boca de los tres como si se acabaran a mordiscos. ¿Qué había comenzado esto? Solo unos segundos atrás ella estaba ocultando libros a ciegas. ¡No la había visto a ella, ni a ninguno de ellos, haciendo algo que irritara incluso a las almas más impacientes!

De repente, a medida que avanzaba la batalla, Hunt dio un buen tirón a su brazo en un esfuerzo por recuperar el control. Emitió un fuerte ruido, su brazo se había separado completamente de su cuerpo. Una pila de gusanos blancos, que solo podía suponer que eran gusanos, cayeron de la cuenca al suelo, retorciéndose en el lugar donde aterrizaron. Se me hizo un nudo en el estómago y dejé escapar un grito que era apropiado de una persona que estuviera atada. Inmediatamente me arrepentí. Las cabezas de los tres zombis giraron en mi dirección. Se fijaron en mí, y soltando tanto el torso restante como el brazo incorpóreo, comenzaron a acercarse. Me congelé de pánico, el sabor amargo de la bilis llenó mi boca. No podía moverme, aunque en mi cabeza ya había salido por la puerta y calle abajo.

De repente Jace estaba allí, de la nada. Agarró mi brazo y me arrojó detrás de su cuerpo protegiéndome. "Toma nuestras cosas y ve al armario. ¡Corre!". Metió en mis brazos tres libros grandes y después de recoger una silla, pasó a los cadáveres vivos con un nivel de violencia casi psicótico.

Hice lo que me dijo sin pensarlo dos veces. Una vez en el armario, miré a través de la puerta rota mientras balanceaba la silla erráticamente de un lado a otro en un esfuerzo por golpear a cualquiera de ellos. Cuando la silla se conectó con uno de sus cuerpos, ayudó un poco para disuadirlos de su misión. Se las arregló para derribar a cada uno de ellos una vez antes de conectar la parte posterior del asiento con la cara y el cuello de Claire Hunt. Si bien no escuché ningún sonido, excepto el ataque, estoy segura de que había uno. Su cabeza voló unos diez pies, la carne podrida lucía incapaz de mantenerla unida. Golpeó una de las pilas, haciendo un ruido y cayó al suelo; su cuerpo inmediatamente hizo lo mismo, sin vida y completamente agotado. Los otros dos zombis parecían más confundidos que nunca y retrocedieron un paso o dos, obviamente sin entender lo que acababa de suceder. No les tomó mucho tiempo volver a centrarse en Jace. Él estaba listo, y de repente se dio cuenta de exactamente lo que se necesitaba hacer para ganar la batalla.

Especulé por qué este zombi tenía gusanos y sin embargo, no presencié a otros con gusanos. Esto me hizo cuestionar: ¿algunos se pudren de manera diferente que otros? No era necesario mencionarlo, entonces, era solo una cuestión de tiempo hasta que los zombis fueran comidos vivos de adentro hacia afuera; este solo pensamiento me dio más esperanza.

CAPÍTULO 7

Me quedé en el armario, asustada, pero al igual que viendo un choque de trenes, no podía dejar de mirar la loca y horrible escena que tenía en frente. Al principio, Jace usó la silla como lo haría un domador de leones, manteniendo a raya a los dos maníacos malhumorados lo mejor que podía, pero era inteligente; él no les permitiría respaldarlo en absoluto. Cuando se presentó la oportunidad, giró bruscamente hacia el zombi a su izquierda, mientras yo estaba pensando inapropiadamente que se parecía mucho a Tommy Callahan de mi clase de anatomía. Alcanzó a darle un buen golpe, rasgando la carne en su cuello. Jace rápidamente recurrió al segundo zombi e hizo lo mismo. El lado izquierdo de su cráneo se derrumbó, pero la cabeza no cedió. Algo provocó en mi un pensamiento: su cerebro estaba funcionando, a pesar de que el resto de su cuerpo carecía de vida biológica.

¡Debemos separar el cerebro del cuerpo! Obviamente Jace había captado esta epifanía y procederíamos a llevarlo a cabo.

Jace apuntó la silla a su segundo objetivo otra vez; el otro todavía estaba en estado de shock, creo. Estaba luchando para mantener el poco ingenio que le quedaba. En ese momento la silla golpeó al zombi número dos en la cabeza, y esta salió arrebatada grotescamente de su cuello, desgarrándose y cortando su corroída columna vertebral infestada de plagas; le colgaba lánguidamente por la espalda como una horrible bufanda de aviador. ¡El tipo cayó de rodillas con un golpe ensordecedor! Su torso cayó hacia adelante, así, como si nada; ni siquiera se movió.

Ahora faltaba el último, me imaginé a mí misma como la líder del grupo de porristas de Jace, desde la seguridad de ese armario, le mandaba mis mejores energías y palabras de aliento aunque él no pudiera escucharlas. Apuntó al último zombi, con una mirada de determinación en sus ojos que nunca había visto. Le tomó solo un golpe terminar el trabajo; ya lo había herido lo suficiente. El segundo golpe no solo hizo que su cabeza volara, sino que le abrió el cráneo por completo. Aterrizó al pie de la puerta del armario, justo donde estaba parada mirando. El cerebro no tenía gusanos, ni podredumbre. Estaba palpitando con una energía anormal, estaba vivo, pero rápidamente iba muriendo.

Levanté la vista y el cuerpo ya estaba en el suelo, temblando un poco en su lucha por vivir, pero por desgracia, la esperanza de este zombi estaba tan muerta como su cuerpo. Jace dejó que la silla cayera de sus manos al suelo, donde se detuvo para descansar. Corrí sollozando desde el armario a sus brazos. Estaba jadeando y parecía estar tan conmocionado como yo.

Pero obtuvimos la respuesta; sabíamos cómo sobrevivir, al menos hasta encontrar la verdadera salida a este problema.

"Tenemos que salir de aquí, ¿viste a estos tres?". La respiración de Jace estaba mejorando, pero estaba cubierto de sudor y sus pupilas estaban dilatadas.

No tuve respuesta a su pregunta. "Todo estaba tranquilo. Ella estaba ocupada; todos estaban ocupados. Todo fue muy repentino. No tengo idea".

"Llevemos los bolsos y los libros, vayamos a la tienda y luego a mi casa. Podemos planear nuestro próximo paso desde allí". Estaba de acuerdo. No quería quedarme en este lugar un momento más. El olor que había invadido al sitio era repulsivo, como a carne podrida.

Una vez que nos organizamos, Jace me tomó de la mano y me llevó a la puerta principal. La luz del día emitía un fuerte resplandor, me cubrí los ojos para protegerme y poder ver mejor. Tropecé a su lado, y una vez aclarada mi vista, pude ver que el campus literalmente estaba repleto de zombis. ¡Tenía que haber cientos de ellos! Sin embargo, esta no era la mala noticia. La mala noticia era el hecho de que todos los demás parecían estar peleando o comiéndose a otro.

Mi estómago continuaba revuelto. "Actúa normal, camina con la cabeza en alto, Alicia. Solo trata de bloquearlo; no mires". Él me guió, actuando como si nada a nuestro alrededor realmente estuviera sucediendo. Parecía que no nos hacían caso, increíble pero cierto. Solo quería estar fuera del campus.

Pero la escena en las calles de la ciudad no fue mejor. En todas partes luchaban y se daban un festín, incluso los pasillos de la tienda en la que entramos estaban llenos de bestias hambrientas. Los gusanos y la carne estaban dispersos por todos lados. Nos las arreglamos para tomar una gran cantidad de agua destilada y nos dirigimos a un pasillo de salida donde se encontraba un chico de unos dieciocho años. La mitad de su cara había desaparecido, y no pude evitar pensar que me habría reportado enfermo para trabajar si fuera él.

Nos dio una 'bienvenida' enfermiza y nos dio el agua, sin dejar nunca de mirarnos. Estaba esperando que Jace pagara, cargando mi mochila en mi espalda y un galón de agua en cada mano. Jace estaba contando el cambio que se necesitaba, y lo contó mal. El chico, cuya etiqueta decía el nombre "Roy", se irritaba rápidamente, comencé a sudar. Después de hacer el recuento del cambio me relajé un poco y Jace le dio el dinero al chico pálido y gruñón, agarró los otros dos galones y salimos corriendo por las puertas automáticas sin mirar atrás. Agachándonos en un callejón, nos apoyamos contra el edificio para recuperar el aliento, ambos mirando hacia atrás en la dirección de donde veníamos. Una vez que nos sentimos seguros, decidimos mutuamente tomar los callejones que daban a su casa para evitar más enfrentamientos.

R.W.K. Clark

CAPÍTULO 8

El callejón era largo, se extendía varias cuadras más adelante. Yo no era originaria de Los Ángeles, y aunque me había familiarizado bastante bien con el área, no conocía los atajos ni los callejones. Esto era nuevo, y no tenía idea de hacia dónde íbamos. Caminamos en silencio durante aproximadamente cuatro cuadras antes de girar en una calle regular. Se detuvo en un callejón sin salida, y fuimos a la última casa a la derecha. Había una escalera de madera que conducía a un costado. Resultó que este era el departamento de Jace.

Me dejó entrar sin decir una palabra. Entré, y me sorprendió lo ordenado y ordenado que mantenía su entorno. "¿Tienes un ama de llaves?". Estaba bromeando, pero en algún lugar dentro de mí sabía que hablaba en serio. Nunca había conocido a un hombre que fuera tan meticuloso con el cuidado del hogar. ¡Ni siquiera había un plato sucio en el fregadero!

La entrada daba hacia la cocina, caminé unos seis pasos y crucé una puerta que conducía a la sala de estar. Estaba decorada de una manera masculina: La sala estaba decorada con ladrillos y tablas; muy creativo y atractivo. Un taburete ubicado frente a un balancín marrón lleno de muelles estaba hecho con tubos de alcantarillado pintados y revestido con un cojín de piel falsa marrón. Un sofá se situaba a lo largo de la pared a la derecha. Las colgaduras de pared se colocaron estratégicamente debajo de un estante que corría el perímetro de la habitación y hacia la siguiente, la cual simulaba una guarida con una computadora y más asientos. El estante estaba forrado con una colección de latas de cerveza que deslumbraría la mente de cualquier entusiasta.

"Vaya, Jace. Todo es muy bonito". Estaba impresionada, y no estaba dispuesta a ocultarlo.

"Toma asiento, voy a poner el agua en un lugar seguro, a menos que primero quieras una bebida y limpiarte un poco, por supuesto". Él me miró, tratando de leer mi mente.

"Eso sería genial". Me dio un galón y señaló una puerta de la sala de estar. Era un pequeño y pintoresco baño modestamente decorado. Le di las gracias y entré, cerrando la puerta detrás de mí.

Encontré una toalla en el armario del baño, y usando una pastilla de jabón y la menor cantidad de agua destilada posible, me refresqué. Me encontré deseando haber traído ropa fresca y desodorante, pero tan pronto como me vino a la mente ese pensamiento, Jace llamó suavemente a la puerta y me dijo que había una camiseta y un desodorante afuera de la puerta. Le di las gracias y envolví una toalla alrededor de mí para poder buscar los artículos. En diez minutos me sentí mil veces mejor. Salí del baño, anunciando, "Todo despejado".

"Estoy bien por ahora. Es tu turno", dije mientras Jace se dirigía al baño. "Pensé que podríamos investigar las instalaciones de tratamiento de agua y cómo limpiarla". La expresión de su rostro era sombría, y sabía que era hora de ponerse en serio manos a la obra.

∞

Me senté y encendí mi computadora portátil; pronto regresó y hablamos todo el tiempo. No había forma de filtrar el agua del grifo a una escala tan grande sin recursos; el plan era botarla y comenzar de cero, pero tendríamos que hacer esto con algún tipo de sistema de filtración para el agua nueva. Lo primero que hicimos fue investigar los sistemas de filtración de agua. Si pudiéramos ubicar un sistema que tuviera la capacidad de filtrar suficiente agua solo para que los dos nos fuéramos durante un par de días, estaríamos listos. Teníamos que tener en cuenta que, aunque los zombis lograban continuar con sus patrones cotidianos, como ir a trabajar, no era aconsejable hacer una visita a la tienda para obtener un sistema de filtro de agua. Se habían vuelto demasiado violentos e impredecibles como para correr ese riesgo.

Con un poco de investigación, encontramos una unidad que consideramos ideal para nuestras necesidades. El 'Indestructastill 1000' tenía capacidad para contener doce galones de agua y producir diez galones destilados por día para su uso. Era compacto y ligero, por lo que era la opción perfecta, teniendo en cuenta que no teníamos idea de lo que estábamos enfrentando de un día para otro. Según lo que sabíamos, tendríamos que dejar L.A. en cualquier momento por nuestra propia seguridad. El único problema con la unidad de destilería era que costaba mil seiscientos dólares. Éramos estudiantes universitarios; ¿Necesito decir mas?

Puse mi computadora portátil en la mesa y me volví hacia Jace. "Entonces, mejor formulemos un plan para ponerle las manos a uno de estos bebés".

Jace asintió. Estaba pensando mucho y tratando de ponerme al tanto al mismo tiempo. Me quedé quieta, intentando dar con alguna idea. Ninguno de nosotros era un ladrón de tiendas -diablos, tenía miedo de tomar prestados los pendientes de mi madre sin preguntar- y Jace simplemente parecía todo menos un criminal. El hecho era que robándolo era la única forma en que íbamos a obtenerlo, y ambos éramos muy conscientes de este hecho.

"Vamos a tener que robar uno". Leyó mi mente, y yo asentí sin más.

"Eso es lo que pensé...". Mi estómago se sentía enfermo.

"Podemos verlo de dos maneras diferentes", continuó. "¿Alguna vez robaste dulces o un juguete de la tienda cuando eras una niña?".

"¿Yo?". Sentí que mis ojos se volvían enormes y Jace se rió de mí. "Bueno, eres una de los pocas que no lo hizo. Así que esa comparación creo que no funcionará. Bueno, el hecho es que son zombis.

¿Cuán conscientes pueden estar de lo que estemos haciendo?".

Tomé aliento para recuperar la paciencia. "Jace, ellos son lo suficientemente conscientes como para enojarse y empezar a comerse cuando están irritados. Creo que eso es suficiente para mí".

Se sentó en el sofá mostrando un poco de agotamiento. "Tenemos que pensar en esto por un tiempo".

∞

Estuvimos en silencio durante los siguientes minutos. Se suponía que debía pensar en nuestra estrategia para obtener nuestra destilería, pero la forma en que olía era una gran distracción. No a colonia o desodorante, sino celestial, como las feromonas y especias. Cerré los ojos e inhalé su aroma más profundamente. Cuando me di cuenta de que inconscientemente estaba inclinada hacia él, mis ojos se abrieron de golpe y salté de una posición sentada a mis pies. ¡Qué embarazoso!

"Bien, vamos a familiarizarnos con la idea, porque no tenemos más remedio que robarlo". ¿Salieron esas palabras de mi boca? Estaba segura que sí. Era la verdad, nos guste o no.

Jace asintió una vez más. "Lo sé". Su voz era baja y sobria. "Necesitamos armas. Sabemos que básicamente tenemos que sacudirles la cabeza, así que mientras tengamos algo con disparar y muchas agallas, estaremos bien. Escucha, vas a tener que encargarte del robo; no quiero ser el único que esté a la defensa, pero solo somos dos. Yo cargaré un bate; mientras tú lo haces sigilosamente, como un bandido".

No respondí porque sabía que esto tenía sentido, y la sola idea de luchar contra 'los caras grises' por sí sola era demasiado ruda de digerir en ese momento. Me convertiría en una ladrona. Solo esperaba poder encontrarlo rápido y ser tan escurridiza como necesitaba.

Ahora que parecíamos tener un plan sólido, me senté junto a él y agarré mi computadora portátil. "¿Qué sigue en la agenda de investigación?".

A continuación, investigamos las instalaciones de tratamiento y aprendimos sobre los tanques de almacenamiento, el diseño de las instalaciones y cómo descargar el agua. Imprimimos toda la información a través de Bluetooth en su impresora. Luego investigamos la filtración. Con una ciudad del tamaño de L.A., necesitaríamos un equipo extenso, y simplemente no parecía posible obtenerlo de inmediato. Continuaría investigando una solución viable, pero mientras tanto seguiríamos usando agua destilada, caminando con bates de béisbol para protegernos (lo que afortunadamente teníamos) y concentrándonos en tirar el suministro de agua existente de las torres de la ciudad para bloquear el acceso. Con suerte, esto no solo detendría la propagación de la bacteria, sino que si mi teoría era correcta, la falta de agua haría que los zombis cayeran como moscas.

Super ZeroMart era una gran tienda que tenía todo lo que el dinero podía comprar, y aunque no se especializaba en destiladores de agua, los tenían en stock, según su sitio. Me sentí realmente aliviada de no tener que visitar una tienda pequeña; habría sido una pesadilla intentar conseguir la destilería. Por un lado, se encontrarían en la parte posterior, detrás del mostrador; lo que significaba matar zombis de inmediato. En segundo lugar, no tendríamos idea de cuántos zombis más habría en un lugar como ese. Super Zero era el punto. Si hay que robar en tiendas de zombis, se necesitan al menos treinta pasillos para correr en caso de que se amerite confundirlos y esquivarlos.

Entonces, nos rebelamos y decidimos salir mientras todavía había un poco de sol en el cielo. Una vez que oscureciera, escabullirse sería fácil; entonces podríamos regresar, comer, descansar y eventualmente dirigirnos a la planta de tratamiento de agua con nuestro nuevo destilador para ejecutar el próximo paso de 'Misión: Erradicación'.

Hicimos un plan para irnos a las tres de la mañana a la planta de tratamiento de agua. Teníamos un mapa y una estrategia; personalmente pensé que estaba bien planeado. Accederíamos a través de una entrada para empleados que se mantenía abierta. Tomaríamos una ruta específica de corredores hasta la sala de control principal, en cuyo punto mataríamos todos los caras grises que ahí se encontraran, nos atrincheraríamos y procederíamos a descubrir cómo verter el agua volátil. Ahora era mediodía y decidimos que, cuando volviéramos, comeríamos y veríamos una película para pasar el tiempo hasta dormirnos. Hasta entonces, armamos nuestros bates, vaciamos nuestras mochilas, y nos dirigimos hacia la Super ZeroMart ubicada a ocho cuadras del departamento de Jace.

CAPÍTULO 9

El estacionamiento en el Super Zero estaba prácticamente vacío, solo uno o dos autos estacionados en las afueras del lote eran la excepción. Había un zombi con el pelo rojo y desaliñado tambaleándose; parecía que intentaba juntar carros de compras, de los cuales había seis. Simplemente no podía concentrar lo poco que había de su cerebro en torno a la tarea, y seguían siendo un desastre. Cuando trató de empujar uno hacia otro, no logró hacer nada más que empujar al que estaba delante diez pies más lejos. Era gracioso, pero escuchar los gruñidos que emitía su hedionda cavidad de boca fue suficiente para hacer que reprimiera mi risa.

Logramos entrar, y solo uno entre veinte carriles de salida se encontraba abierto. Un zombi se situó en el registro siguiendo el zumbido de una mosca con sus ojos, más entretenido que cualquier cosa. Otro estaba tratando de doblar camisetas desordenadas en la sección de ropa femenina. Ella recogía camisas ya dobladas una a la vez, las giraba torpemente alrededor de sus manos, y las ponía en otra pila de camisas acolchadas a su lado, ¡vaya!

Nos dirigimos a los suministros de hardware y plomería, y encontramos exactamente lo que estábamos buscando en cuestión de minutos: el Indestructastill 1000. Podría ser una mujer, pero tenía que admitir que la imagen de la destilería en la caja y todo ese acero inoxidable reluciente, fue suficiente para excitarme justo en ese momento. ¡Casi podía oler el agua!

No había absolutamente ningún rostro gris por el lugar. Jace tenía su bate sobre su hombro listo, pero no pensé que lo fuera a necesitar. Estaba observando bien todo nuestro entorno: estábamos en la parte trasera de la tienda, pero no vi salidas de emergencia de ningún tipo, ni siquiera las que tienen alarmas. Caminé a unos tres metros de distancia para buscar un carrito de compras al azar desde la intersección en los pasillos y vi al tercer zombi de la tienda, arrastrando los pies a través de una caja de accesorios de tubería.

"¿Ayuda?". Graznó la pregunta.

Negué con la cabeza, sonreí cortésmente y respondí: "No, gracias". Por el rabillo del ojo vi la cabeza de Jace llamarme la atención. Tomé el carro y, tan tranquilamente como pude, regresé a Jace. Podía sentir los ojos muertos del monstruo sobre mí hasta que desaparecí de su vista.

Jace recogió la caja y la puso en el carrito. Comenzamos a caminar hacia el frente de la tienda. "Lo mantendrás en el carro. Corre con el carrito. Lo hará mucho más fácil para ti, ¿de acuerdo?".

Asentí con la cabeza hacia él, y en ese momento escuché un ruido detrás de nosotros. Me volví para ver al zombi del pasillo de la tubería que se movía detrás de nosotros, dirigiéndonos en nuestra dirección. Bajé mi voz, "Él está sobre nosotros. Vamos a pretender que necesitamos algunos otros artículos". Tan pronto lo dije, crucé a la sección de bebés. Estaba repleta de pañales y toallitas. Jace siguió sabiamente.

Mantuvimos los ojos bien abiertos hacia el final del pasillo sin mirarlo directamente, y cuando apareció el cara gris, agarré un paquete de cuatro botellas de bebé del estante, "Cariño, esto es perfecto para el pequeño mientras viajamos. Tiene bolsas de plástico que entran, por lo que es estéril. ¡No hay que preocuparse por lavarlos tanto!".

"¡Justo lo que necesitamos! Tienes un buen ojo para estas cosas, cariño". El zombi se detuvo el tiempo suficiente para observar nuestro pequeño intercambio antes de marcharse arrastrando los pies. Permanecimos donde estábamos hasta que el sonido de sus grotescas y desiguales pisadas se desvaneció en la distancia, luego salimos del pasillo lateral, giramos a la derecha y regresamos a las salidas en la parte delantera de la tienda. Recogimos otras cosas necesarias que podíamos usar, deslizándolas en las mochilas del otro. Cuando vi aparecer los pasillos de la caja, mi corazón comenzó a latir con fuerza. Casi podía jurar que era audible, y miré a Jace para ver si podía oírlo, pero no dio ninguna señal de que pudiera. Traté de respirar.

Nos dirigimos a las puertas principales, Jace sosteniendo el bate de una manera "listo para golpear". Me estaba dando la espalda, mirando cuidadosamente la tienda. Llegué a las puertas cuando escuché el inconfundible chillido de un cara gris, y sonaba enojado.

"¡Aaal-toooh". Empecé a correr con toda mi fuerza, sin siquiera darme la vuelta para ver qué clase de problemas había encontrado Jace. Aunque sabía que nadie estaba detrás de mí, podía jurar que los sentía, que el zombi de los carritos del estacionamiento estaba sobre mí. Volví la cabeza para mirar hacia mi retaguardia: no había nadie. Jace estaba a unos seis metros detrás de mí y ganaba velocidad. Cincuenta pies más o menos detrás de él estaba el zombi que nos había seguido al pasillo de productos para bebés; estaba perdiendo más terreno que nada. Me centré en llegar al callejón donde habíamos determinado que nos encontraríamos si nos separamos, a pesar de que estaba justo detrás de mí. Bien podría seguir con el plan, ya que no habíamos encontrado otra alternativa.

Corrí aproximadamente hasta la mitad del callejón y, dejando el carro con el destilador de agua justo en el camino de Jace, me escondí detrás de un gran contenedor comercial rojo. Jace enganchó el carro en su camino y lo empujó fuera de la vista, detrás del contenedor de basura conmigo. Se dejó caer al suelo a mi lado y durante los siguientes minutos nos concentramos en recuperar el aliento y escuchar a los zombis. Aparte del sonido del tráfico terriblemente ligero y algunas aves, todo estaba quieto. ¿Por qué los animales no se mueren también? Este pensamiento revoloteó en mi mente sin preocupaciones, como si estuviera dando un simple paseo. Me sentí separado de la realidad más que nunca en mi vida.

Después de unos diez minutos, cuando nos sentimos lo suficientemente seguros como para movernos sin enfrentarnos a un cara gris, Jace se levantó y arrebató la destilería del carro, se lanzó hacia atrás y se sentó nuevamente. "No puedo creer que haya ido tan bien. No podría haber esperado algo mejor".

No sé por qué, pero esta declaración me enfureció. ¿Que esto haya ido tan bien? ¿En serio? "¿De qué demonios estás hablando, Jace? Mi corazón todavía late con fuerza. ¡Estoy asustada! ¿No entiendes que él estaba siguiéndonos...?". La boca de Jace de repente cubrió la mía con tanta pasión y agresión que inmediatamente me derritió. Vaya, se sentía bien, olía aún mejor, ¡y besaba bien! Ya no estaba en un callejón de Los Ángeles. Estaba flotando en una balsa de chocolate sobre malvaviscos en un mar de chocolate caliente. Estaba deslizándome por un arcoíris hecho de dulces. Estaba...

Lentamente se alejó. Podía darme cuenta de que no quería hacerlo, y ciertamente yo tampoco quería. ¿Qué, y enfrentar toda esta horrible realidad?

Honestamente podría vivir sin eso, pero sabía que era el momento. Nos llevó un par de segundos más separarnos. Él estaba sonriendo levemente; y yo estaba sonriendo como una tonta. ¡Fue magnífico!

"Hola", fue todo lo que logró decir, y no pude responder en absoluto. "Tenemos un nuevo sistema de filtro de agua construido para dos. ¡Qué bien! Supongo que, si alguna vez hubo una forma de vincularse con alguien, la hemos encontrado. No está mal, Alicia".

La sonrisa estaba pegada a mi cara ridícula, y pareció que pasó una hora antes de que pudiera salir de mi ensoñación, pero solo fue cuestión de segundos. Negué con la cabeza hacia adelante y hacia atrás para despejar las telarañas, y miré la caja en el regazo de Jace. "¿Y ahora qué?".

"Ahora volvemos a mi casa, llenamos nuestros estómagos y descansamos un poco. Nos dirigiremos a la planta de tratamiento de agua en la mañana mientras todavía está oscuro, tal como lo planeamos. Podemos configurar esto en mi apartamento y hacerlo funcionar mientras nos ocupamos de los negocios. Habrá agua lista antes para nosotros de esa manera". Con eso nos pusimos de pie y miramos arriba y abajo a lo largo del callejón. Todo estaba despejado por lo que podíamos ver. El cielo estaba empezando a oscurecer; definitivamente era hora de irse.

CAPÍTULO 10

De vuelta a casa, o al menos eso era lo que parecía el término apropiado para el departamento de Jace, me sentí muy cómoda y segura. Era solo mi segunda visita, y no quería irme de nuevo, aunque las circunstancias dictaban lo contrario. Estaba muerta de hambre y frío, a pesar de que la noche era cálida. Era hora de agarrar una manta, sentarse en su sofá y comer algo. Me sentía débil y mucho más cansada de lo que me hubiera gustado.

La pizza congelada era la comida para la noche, y créanlo o no, Jace tenía una botella de merlot que su hermana le había comprado cuando se mudó hace dos años. Lo descorchó y puso un buen heavy metal antiguo. Comimos principalmente en silencio, pero después de mi segunda copa de vino comencé a relajarme un poco verbalmente.

"¿De dónde eres, Jace?". Lo dije con una leve sonrisa, para tranquilizarlo.

Él se sonrojó y movió su cabeza. "Topeka, ¿y tú?".

"Tulsa ¿Tienes una novia esperando en Topeka?".

"No". Hizo una breve pausa. "Tenía una, pero ella descubrió que le gustaba mucho más mi mejor amigo Matt".

Me quedé sin palabras. Cambié el tema y me muse nerviosa. "Entonces, aunque me da miedo la respuesta, pero ¿te gustaría una?".

Hizo contacto visual conmigo y lo sostuvo por toda la eternidad. Sin decir una palabra, caminó alrededor de la pequeña mesa de cocina para dos, y se inclinó. Cuando sus labios tocaron los míos, una descarga eléctrica recorrió mi espina dorsal. No pude evitar que mis brazos se envolvieran alrededor de su cuello.

Tal vez los dos estábamos asustados hasta la muerte. Quizás estábamos un poco borrachos. Todo lo que puedo decir es que la pasión con la que hicimos el amor fue entumecedora. Me olvidé de los zombis, el miedo y la sensación de que no viviríamos mucho tiempo. Me olvidé de todo excepto de Jace, sus caricias y la forma en que me hizo olvidar. La sensación de sus labios y lengua en mis pezones. La forma en que sus dedos me tocaban como un violín cuando estaban entre mis piernas. Topeka, Kansas debería estar orgulloso.

Me atrevo a decir que ambos dormimos mucho mejor esa noche, y ni siquiera necesitamos que la película nos aburriera para adormecernos. Nos preocupamos de inducirnos un buen sueño por nuestra cuenta.

∞

Aunque planeamos levantarnos a las tres, me encontré completamente despierta a la una menos cuarto. Jace ya estaba alerta, sentado en la ventana y mirando a quienquiera que estuviera haciendo todo el ruido de la calle frente a su edificio de departamentos. Entonces algo me agitó, no solo mi alto nivel de estrés.

Me agaché y caminé hacia él, ya no entendía si estaba soñando. Oriné sobre el alféizar de la ventana. En el medio de la calle había dos zombis; ambos parecían ser hombres. Estaban peleando violentamente; por algún motivo que no pudimos determinar. Era una batalla pareja, uno era tan fuerte como el otro, y mientras los segundos pasaban, comencé a preguntarme si los chirridos, las roturas y los golpes continuarían para siempre.

Mi pregunta fue respondida pronto. Aparentemente, desde las sombras, comenzaron a aparecer caras grises. El primero vino de un callejón justo al oeste de la ventana. Pronto, uno salió de una casa al otro lado del camino. Una mujer entró tambaleándose desde el pequeño parque al lado de la casa. En poco tiempo había una pila de zombis literalmente desgarrándose el uno al otro, y en cuestión de minutos las extremidades estaban volando. Un torso se retorcía justo afuera del grupo. Gradualmente empeoró, y vimos horrorizados hasta alrededor de las diez para las tres. Jace me sacó de mi trance con las palabras, "Alicia, tenemos que irnos".

"Jace, ¿qué tan lejos estás del centro de la ciudad?". Fue una pregunta que hice con un propósito. Si estuviéramos realmente cerca, nunca nos encontraríamos verdaderamente seguros en su departamento. Los zombis eventualmente entrarían, ¿y luego qué? La palabra 'reubicación' estaba brillando en neón en mi cerebro.

Jace sostuvo mi mirada. "Alrededor de dos bloques. No va a funcionar, ¿verdad? ¿Quedarnos aquí? Necesitamos establecer un campamento en un lugar más seguro".

Asentí y miré hacia afuera. Pude ver las sombras de otros siete zombis que se abrían paso hacia lo que ahora se estaba convirtiendo en un buffet gratis. "Tenemos que cortar el suministro de agua y encontrar un lugar mejor y más seguro para escondernos mientras esperamos. Quedarnos aquí bien podría ser nuestra muerte".

"Esa será la próxima prioridad, pero ahora tenemos que prepararnos y hacer nuestro camino hacia la planta de tratamiento de agua". Jace había puesto en marcha el destilador la noche anterior; solo le había tomado alrededor de media hora, por lo que ahora podíamos enfocarnos en la tarea que teníamos ante nosotros. "Para cuando regresemos deberíamos tener mucha más agua buena para usar esta noche".

A ninguno de los dos nos llevó mucho tiempo vestirnos, empacar nuestras mochilas, muy conscientes del potencial de cualquier artículo de emergencia necesario y armarnos con bates. Había jugado al softball en la primaria o en la secundaria, y no había estado tan mal, pero momentos como este fueron suficientes para hacerte dudar de tus propias habilidades, y me pregunté si podría 'armarme de valor' cuando fuera necesario.

Cruzamos la cocina hacia la puerta, Jace caminaba frente a mí. No me quería afuera sola ni por un segundo, ni siquiera durante el tiempo suficiente para que él cerrara el lugar.

"Alicia, detente". Lo hice. Se había vuelto hacia mí, y me miraba como si estuviera tratando de absorberme". Quiero que sepas que no simplemente tengo novias. No simplemente tengo sexo. Sé que estamos bajo estrés, pero anoche... realmente quería eso".

La sonrisa en mi cara podría haber abarcado fácilmente una milla.

"Yo también, Jace". Le devolví la mirada y me encontré con su mirada con firme seguridad. "Me alegro de estar contigo. No sé si alguien más estaría mejor para mí... de ninguna manera".

Puso sus manos sobre mis hombros, ignorando las correas de lona que aseguraban mi mochila tan bien. Él se inclinó y sentí su lengua lamer la longitud de mis labios de un lado a otro. Abrí mi boca ligeramente para que su lengua pudiera explorar más. A la primera señal de que lo haría, lo mordisqueé suavemente, entonces me entregué por completo a su beso, incluso usando un poco de fuerza. Si esta fuera la última vez que lo probaría, entonces justo eso haría.

Después de lo que parecieron horas, nos enderezamos y nos volvimos locos acerca de nosotros mismos. Era hora de enfrentar a las masas muertas, los monstruos que se desmoronaban y que amenazaban nuestra existencia desde todas las direcciones posibles.

"¿Estás lista, Alicia?". Parecía muy serio después de un beso tan grandioso.

Asentí y sonreí. "Lo estoy, Jace. Tan lista como siempre lo estaré".

Jace me guiñó un ojo, se volvió y abrió la puerta, y entonces salimos a la oscuridad de las tres de la mañana.

CAPÍTULO 11

El viaje a la planta transcurrió sin incidentes, pero nos mantuvimos sigilosos, aprovechando todas las sombras a la vista. Había más caras grises de lo que esperaba, docenas en las cinco millas de la planta. La hora de la noche lo convirtió en un hecho aterrador en sí mismo. ¿Qué ha cambiado? ¿Por qué estaban deambulando en ese momento?

La planta de tratamiento de agua era un lugar enorme. Llegamos antes de lo planeado, y fue algo bueno, porque nos costó encontrar la entrada de empleados deseada. Una vez que lo hicimos, las cosas fueron mucho más fluidas de lo que esperábamos. Había menos zombis en la propiedad de lo que pensábamos que habría, y solo encontramos uno en la planta; Jace lo golpeó de inmediato. El lugar era un páramo, deliberadamente ignorado por satisfacer las necesidades de los rostros grises en todas partes.

Estábamos más seguros que nunca de que estábamos en el camino correcto.

Encontramos la sala de control principal sin ningún problema, y pocos minutos después de terminar nuestra barricada, Jace localizó un manual de procedimientos. El capítulo 37.N explicaba los procedimientos de liberación de almacenamiento de agua de emergencia. También nos dejó saber que el agua vertida iría al río de Los Ángeles. Esto no importaba. El agua en el río ya era tóxica. Hasta que resolvamos el problema de la filtración, probablemente estaríamos robando tiendas de comestibles desde aquí hasta Seattle.

Nos dedicamos a seguir los pasos para descargar el agua. Fue sorprendentemente simple, y cuando comenzó a drenar de todos y cada uno de los tanques y torres en Los Ángeles y los alrededores, comenzamos a hacer el amor allí mismo en el piso. En el calor de nuestra pasión casi no notamos que la puerta con barricadas había sido golpeada violentamente desde el otro lado. Casi no oímos los gritos y gemidos que emanan de las bocas de los zombis que nos atacaban. Pero finalmente lo hicimos, y los dos nos armamos con bates de béisbol y una feroz actitud.

"¿Podemos acelerar las cosas?". El calor estaba encendido y ambos lo sabíamos. No hizo más que abrir la boca para responderme cuando la puerta se desplomó estrepitosamente. Las sillas y el pesado escritorio volaron como si estuvieran hechos de papel. Los zombis que se tambalearon estaban en mal estado. Una gran cantidad de piel y extremidades perdidas, y el olor que desprendían era suficiente para hacer que cualquier mortal quisiera suicidarse.

"No... así es como debe ser. Lento pero seguro". Siete zombis se acercaron, y parecían cabreados, si es que sentían alguna emoción. Jace corrió hacia adelante con toda su fuerza. Me quedé perpleja sobre cómo proceder, pero fue solo por un momento. Apunta a la cabeza, Alicia. Eres más rápida y más inteligente que ellos.

Cargué hacia adelante también. El primer cara gris que golpeé encontró su cabeza salpicada contra la pared junto a la puerta, ahí murió de inmediato. Fui por el próximo, este había conseguido agarrar mi chaqueta y no la soltaba. ¿Dónde diablos estaba Jace? Lo vi por un breve momento, y parecía estar acabando monstruos a su derecha e izquierda. Me deslicé de las mangas de mi chaqueta y golpeé a ese como al anterior, su cabeza cedió como un melón maduro. Una vez hecho, pasé al siguiente.

Después de que mi tercera bestia cayó, pude salir a tomar aire. Jace lidiaba contra dos de ellos a la vez, y esas eran solo malas probabilidades. Mientras me dirigía para ayudar, vi a otros dos irrumpir en la sala de control. Dios, ¡danos un descanso!

Luché junto a Jace, golpeando a uno que intentaba morder su brazo. Afortunadamente él había usado cuero y la lucha para comer su carne encontró el final a manos de mi bate. Los horribles monstruos estaban tan pútridos y podridos que solo les costó un buen golpe demoler sus cabezas.

Pero seguí adelante, me dirigí hacia los novatos que entraban por la puerta y llegaban en tropel. Estaba balanceándome a ciegas, sacándolos uno por uno. Fue fácil, en realidad, siempre que mantuvieras la distancia.

No pasó mucho tiempo antes de que los números realmente disminuyeran. Jace y yo pudimos bloquear la puerta, reforzándola incluso mejor que antes. El agua todavía estaba siendo drenada. Quizás podamos ganar esta batalla después de todo.

Nos sentamos en dos sillas giratorias situadas en el escritorio de control principal. Jace sacó un termo de agua destilada de su paquete y me lo ofreció. Bebí mucho. Se lo devolví y él procedió a hacer lo mismo.

"Parece que no quieren que hagamos esto". Está claro que estamos consiguiendo algo", dije, con zombis gritando de dolor a nuestro alrededor.

Jace inclinó el termo y tomó otro trago. "Estoy de acuerdo".

Los puños comenzaron a golpear la puerta una vez más, pero esta vez la puerta no cedió tan fácilmente. Jace miró el medidor de capacidad. Iba apenas un sesenta por ciento. Si pudiéramos mantenerlos a raya por un poco más de tiempo. Miré a la puerta. La barricada tembló ligeramente, pero no cedió.

Nos sentamos en silencio presumido durante aproximadamente diez minutos viendo cómo el medidor bajaba cada vez más. Los zombis habían dejado de golpear ahora. Ellos solo estaban gritando. Gritando de ira, gritando de dolor. Gritando por el agua que había espoleado y mantenido las monstruosidades en las que se habían convertido. Tenía la sensación de que íbamos a ganar la batalla, o quizás incluso la guerra.

∞

El olor que emitían los cuerpos era suficiente para hacer que quisiera vomitar. "Jace, vamos a movernos", le dije, y nos dirigimos al otro extremo de la sala de control, donde había una pared de vidrio con una especie de sala de observación. El lugar perfecto para esperar esta prueba.

"Entonces, ¿dónde estábamos cuando nos interrumpieron tan bruscamente?". Jace estaba mostrando una sonrisa hecha y derecha, y me encontré sonriendo con entusiasmo.

"Creo que estábamos en el piso...".

Luego, de vuelta al piso fuimos.

Jace aprovechó al máximo nuestra sensación de seguridad, acariciando vigorosamente mi cuerpo con manos pesadas a través de mi ropa. Agradecidamente le hice lo mismo, disfrutando completamente cada aspecto de la forma en que sentía, olía y saboreaba. Sus manos pronto encontraron su camino debajo de mi camisa. Me encantó la forma en que se sintieron en mi piel, y podría jurar que estaba dejando rastros de llamas en cualquier lugar que tocara. Los zombis todavía gritaban y gruñían, pero apenas podía oírlos. Los golpes y rasgaduras eran más fuertes, pero no podría haberme importado menos. Si esto era el cielo, yo estaba adentro.

Apenas noté cuando él bajó mis jeans; estaba demasiado ocupada con el suyo. De repente, él estaba dentro de mí, y sentí el impulso abrumador de reír entre una mezcla de miedo loco y éxtasis. Estaba casi allí, y cuando recibí todas y cada una de sus embestidas, lo alcancé. Me mordió suavemente la oreja cuando llegó a su punto de éxtasis, con todo el cuerpo rígido. Un gemido masivo salió de sus pulmones, y se derrumbó sobre mi agotado cuerpo en una expresión final de su pérdida de control.

Mientras estábamos allí juntos, escuchando cómo los monstruos intentaban con ira conquistar nuestra barricada, Jace se incorporó sobre sus antebrazos y me miró a los ojos.

"¿Estamos bien?". Estaba sonriendo. Yo también sonreía, pero me estaba sonrojando más.

Asentí. "Estamos absolutamente bien".

Con eso, Jace soltó una buena risa y se separó de mi cuerpo. Gruñí decepcionada, pero sabía que el momento debía terminar. Nos vestimos y armamos antes de regresar a los medidores. Nos sentamos en dos de las sillas de la sala para conferencias.

"Entonces, ¿qué sigue, Jace?". El suministro de agua se estaba agotando rápidamente, más rápido de lo que podríamos haber anticipado. Fue un alivio.

"Espero que tengamos que quedarnos aquí hasta que veamos las claras señales del cambio. Quiero decir, en su comportamiento. Necesitamos ver que la falta de agua está teniendo un efecto negativo en ellos, o vamos a estar donde comenzamos, Alicia". No le respondí. No hubo respuesta; él estaba en lo correcto.

Nos quedamos sentados, conversando de vez en cuando y comiendo carne seca. A las 8:10 a.m. el agua se registró como completamente agotada. El suministro de la ciudad estaba agotado. A las 8:45 a.m. el sonido de los caras grises comenzó a disminuir un poco. Seguramente aún no se estaban muriendo. Suponía que habían comenzado a buscar fuentes alternativas del veneno para mantener sus viles condiciones, por lo que la multitud violenta fuera de la puerta se había reducido. Solo podía esperar que mi teoría fuera correcta.

∞

A las 10:00 a.m. había un completo silencio en el pasillo fuera del centro de control. ¿Por qué el diseñador de este edificio no pensó en instalar una ventana de vidrio de seguridad en la puerta para la observación? Probablemente porque no previó un apocalipsis zombi en el horizonte del futuro. A pesar de todo, estábamos jugando literalmente de oído, y los dos teníamos oídos pésimos.

"Voy a tener que levantarme y verificar la situación". La voz de Jace rompió el aturdimiento en el que me senté.

Negué con la cabeza vigorosamente. "No puedes seguir andando por ahí, Jace. Hace poco, llenaron el lugar. ¿Ahora solo quieres caminar por ahí como si fuéramos las únicas dos personas que quedan en la Tierra?".

"Por lo que sabemos, somos las únicas dos personas que quedan en la tierra. Necesito investigar la situación. ¿O prefieres los honores?".

Lo miré como si tuviera un tercer brazo saliendo de su frente. "Por supuesto que no quiero los honores". Haz lo que tengas que hacer. Yo también voy... con mi bate, por supuesto".

"Por supuesto. No querría que fuese de ningún otro modo". Ambos nos levantamos y nos arrastramos hacia la puerta en silencio, como si estuviéramos haciendo más ruido que un toro en una tienda de porcelana. Nada podría estar más lejos de la verdad, pero jugar a lo seguro era mejor que lamentarlo. Despacio pero seguro desmontamos nuestra barricada. Estaba mirando y escuchando tan intensamente que mi cabeza comenzó a doler, pero toda esa preocupación fue una pérdida de tiempo. Nada siquiera intentó atravesar la puerta. Sin golpes, sin gruñidos, sin gritos. Todo estaba silencioso.

Cuando la puerta quedó completamente expuesta, Jace me dijo que preparara mi bate, pero me mantuviera atrás. Colaboré por completo, y él abrió la puerta lo suficiente como para tener una buena visión del pasillo. Su cabeza volvió a entrar y, sonriendo, dijo: "Todo está despejado". Le devolví la sonrisa y corrí a su lado. Avanzamos cautelosamente por el corredor para enfrentar la siguiente circunstancia que nos desafiaría.

CAPÍTULO 12

La planta de tratamiento de agua estaba completamente vacía de caras grises, y me costó comprender dónde podrían haberse ido todos a la vez. ¿Por qué no habría rezagados? ¿No querrían quedarse allí para tratar de atacarnos? El hecho es que estas personas ya no eran personas; eran hombres y mujeres muertos en vida; su habilidad para razonar y planear estaba tan muerta como ellos.

Salimos afuera y respiramos profundamente el aire fresco. No hay zombis a la vista.

"Creo que deberíamos tomar Pelham Road para regresar al centro de la ciudad, ya sabes, solo para estar seguros". Jace parecía serio, y su plan me parecía razonable. Incluso si los zombis no pudieran usar la lógica, ver a dos personas con mochilas llegando al centro de la ciudad desde la planta de tratamiento de agua no podría ser bueno.

La ruta alternativa resultó ser la mejor idea que Jace había propuesto hasta ahora. Caminamos por Pelham Road, y cuando llegamos aproximadamente a cinco millas de las afueras de la ciudad real (hicimos un largo recorrido, creedme) Jace vio una pequeña casa detrás de una hilera de árboles.

"Vamos a llamar a la puerta. ¿Por qué necesitan luces los zombis? Quizás encontremos a alguien que sea normal. Puede que necesiten nuestra ayuda". Jace me tomó de la mano y tiró de mí en dirección a la pequeña casa de campo.

Nos acercamos lo suficiente como para tener una sensación de hundimiento en la boca del estómago; allí en el camino de entrada, junto a un sedán con la puerta del conductor abierta de par en par, había una persona tendida en el suelo. A medida que nos acercábamos se hizo obvio que la persona estaba muerta. Era una mujer, gordita, pero pequeña en estatura. Tenía el cuello degollado y su cráneo había sido abierto. Su cerebro colgaba por el enorme agujero; y una parte grande parecía haber sido tomada a mordiscos.

"¿Qué diablos, Jace?". Yo estaba en shock. Esto era nuevo. ¿Desde cuándo los caras grises habían llegado a tal extremo? "¿Los zombis hicieron esto?".

Jace parecía tan sorprendido como yo. "No sé, Alicia, pero creo que es seguro decir que un coyote o lobo no tuvo nada que ver. No se molestarían en abrir el caparazón para sacar la nuez".

Nos quedamos mirando por unos momentos más. Jace subió al sedán y probó el motor. "Sin gasolina. El cuerpo es fresco. El auto se secó. Echemos un vistazo a la casa".

De la mano, avanzamos por el sendero que iba desde la puerta de entrada hasta el camino de entrada. La puerta estaba cerrada, obligando a Jace a correr de regreso al automóvil y sacar el anillo de llaves del contacto. Solo había una llave que parecía ser correspondiente a la cerradura de una puerta residencial, y funcionó a la perfección. Jace abrió la puerta y entramos en el interior con aire acondicionado de la casa.

Era pequeño pero estaba muy bien amueblado y limpio. La sala de estar fue la primera habitación que encontramos. A la derecha estaba el dormitorio principal y al frente había una entrada que conducía a la cocina/comedor. A la izquierda había un pasillo con cuatro puertas a cada lado; dormitorios, por supuesto. Resultó que había dos habitaciones pequeñas y totalmente amuebladas, una de las cuales se usaba como oficina, un baño con acentos de color rosa claro y un armario de ropa blanca. Todo estaba funcionando.

Caminé hacia la cocina y miré más de cerca. La cocina estaba impecablemente limpia, el colador de platos luciendo solo un plato, vaso y tenedor. Todo fue limpiado para brillar. En un área pequeña tipo alcoba, había una unidad compacta de lavadora/secadora todo en uno. Había una cesta de ropa vacía encima, con la parte inferior hacia arriba.

A la derecha de esos electrodomésticos apareció un pequeño panel de corcho que se diseñó para parecerse a una tabla de lavar. Cinco pequeños pedazos de papel fueron clavados a la tabla. "Anna ve al Dr. Hilliard el 8 de agosto de 2015 a las 10:00 a.m.", estaba impreso en una tarjeta de negocios. "Llamar a Judy a las 8 p.m. el jueves", fue garabateado en la esquina desgarrada de un pedazo de papel de cuaderno de bordes anchos. Los otros lucían notas similares.

La mesa del comedor era de roble, redonda en diseño, con sillas de respaldo alto a juego. Un crudo adornaba embriagado la mesa; un plato de cerámica color marfil se encontraba en el centro del tapete.

El refrigerador estaba completamente lleno. Todo, desde embutidos hasta quesos y leche, estaban dentro. El congelador tenía pollo, chuletas y un paquete de bistecs. Mi estómago gruñó fuerte y dolorosamente. No tenía tiempo para preocuparme por la comida en este momento.

Jace apareció a la vuelta de la esquina. "Alicia, ¿has visto alguna señal de dos personas o más viviendo aquí? Solo he encontrado ropa para una mujer, nadie más".

"No he visto nada aquí que responda esa pregunta, excepto tal vez el hecho de que la casa está inmaculadamente limpia". Puse mis ojos sobre eso una vez más. "Me parece que es la casa de una mujer".

Jace se acercó a una ventana en la parte trasera de la cocina, mirando intensamente afuera. Me paré inmóvil a su lado. El patio trasero estaba vallado, cubierto de hierba, y obviamente solo había bosque más allá. La casa más cercana a la vista estaba tan arriba en la carretera que solo se podía ver el techo gris azulado sobre la hierba alta.

Ambos giramos y salimos por la puerta principal. Él fue por un lado y yo por otro. Dimos la vuelta a la casa, mirando a nuestro alrededor.

Literalmente no había nada por millas. Parecía que habíamos encontrado nuestra base de operaciones, por así decirlo.

Si nada más, nuestro nuevo hogar.

CAPÍTULO 13

Supusimos que la mujer, cuyo nombre descubrimos en artículos postales que era Belinda Smythe, había sido sorprendida por un zombi que evacuó la planta de tratamiento de agua. Una vez que habíamos determinado con un poco de seguridad que estábamos a salvo, nos retiramos a la pequeña casa, donde Jace y yo fortificamos los puntos de entrada con muebles estratégicamente reorganizados. Una pequeña puerta en la parte trasera de la cocina fue la puerta elegida por nosotros en lo que respecta a entrar y salir de la casa. La atrincheramos lo menos posible sin comprometer la seguridad.

Luego, fuimos a la cocina. Dejé que Jace encendiera mi portátil; si la Srta. Smythe no tuviera acceso a Internet, podríamos usar el punto de acceso en mi teléfono celular. Resultó que no tenía acceso a Internet, por lo que procedió a poner en marcha el sistema de acuerdo con el Plan B. Rebusqué en el refrigerador y en los armarios hasta que reuní los ingredientes de una buena comida, y fui a prepararla mientras Jace se puso a navegar en la web por noticias recientes disponibles sobre los caras grises o la posibilidad de que se hiciera algo al respecto. No fue muy útil; todo en línea estaba prácticamente paralizado. Hasta ahora, aparte de la señorita Smythe en el camino de entrada, parecíamos ser las únicas personas normales que había por kilómetros.

Hice una simple cena de hamburguesas y patatas fritas con alubias en lata. Sabía simplemente gourmet, y por cierto Jace gimió con cada mordisco que ingirió. Hablamos poco mientras comíamos, pero luego retomó la conversación de inmediato.

"Voy a salir en un momento a mover el cuerpo de la señorita Smythe, y darle un entierro adecuado. Es demasiado extraño que recurrieran a la violencia en un ser humano vivo. Estaba tan lejos en esta zona, y no me puedo imaginar a esta pequeña mujer haciendo mucho por provocar una molestia en uno de esos animales. Simplemente no quiero que ninguno de ellos llegue solo porque hay un cadáver tendido al aire libre". Tenía una expresión sombría en su rostro, y tuve que estar de acuerdo, aunque no tenía idea de por qué. Simplemente no quería que pensaran que este era el café local si ahora estaban comiendo gente viva.

"¿Qué crees que espoleó esto, Jace?". Mi voz era temblorosa, revelando el miedo intenso que se estaba acumulando en mi corazón.

"No lo sé, pero esta es mi idea. En mi casa, tengo un kit de microscopio que mi papá me consiguió para la graduación de la escuela secundaria. Es una configuración de alta calidad, con todos los accesorios. Voy a agarrar eso, la nueva máquina de destilería, algo de ropa y algunos otros artículos útiles. Tengo una gran bolsa de lona que debe ser capaz de almacenar las cosas para traerlas aquí de manera segura; buscaré en el garaje para ver si hay gasolina en una lata, ya sabes, para una podadora. Si puedo hacer funcionar el auto de la señorita Smythe, me sentiré mejor. De cualquier manera, me iré cuando oscurezca para estar un poco más seguro". Esto me preocupaba, Jace se aventuraba a su departamento solo, pero la verdad era que necesitaríamos tantos recursos como fuera posible, y eso incluía el sistema de filtro de agua que nos habíamos tomado tantas molestias para robar. No me vendría mal una ducha, eso lo sabía, y me estaba muriendo por un trago de agua limpia y fría.

Salimos y hablamos sobre algunas de las posibilidades que podrían haber incitado a un zombi a comerse a un ser humano vivo. Los dos estábamos perplejos en cuanto a la ciencia y los detalles, pero los dos coincidimos en que debe haber tenido algo que ver con el drenaje del suministro de agua. Era demasiada coincidencia que justo al ser drenada el agua descubrieran un cadáver humano fresco tan cerca de la planta de tratamiento. Podríamos haber estado equivocados, pero eso fue todo lo que pudimos suponer por el momento.

∞

Alrededor de las 8:15 pm, Jace salió con una linterna y buscó en el garaje. Localizó aproximadamente dos galones y medio de gasolina en una pequeña lata de cinco galones al lado de una cortadora de empuje, que puso en el auto de inmediato. Encendió y su motor sonaba como de primera categoría. Mientras se abrochaba el cinturón de seguridad, me apoyé en la ventana del lado del conductor.

"Jace, por favor...". Mi voz se apagó. Ni siquiera quería decirlo en voz alta; no quería hablar de lo peor en la existencia.

Él asintió y me miró directamente a los ojos. "Tendré cuidado, Alicia. Seré extra cuidadoso. Este auto hará las cosas mucho más fáciles. Aceleraré contra cualquiera que venga a por mí".

Sonreí sombríamente para mostrarle que confiaba en él. Continuó: "Ahora, cuando vuelvas a la casa, cierra todas las persianas verticales; asegúrate de que estén hacia arriba para que no se vean luces desde la calle. Cierra las cortinas. Asegúrate de que todas las puertas estén bloqueadas, tal como lo hicimos antes, ¿de acuerdo?". No respondí. Estaba volviendo todo lo que dijo en mi mente. "¿Está bien, Alicia?". Él me despertó con su voz.

"Está bien, Jace. Estoy en ello". Él sonrió y suspiró de alivio. "Ahora, volveré antes de que lo sepas, bonita". No pude evitar devolverle la sonrisa. "Ahora entra. No me iré hasta que sepa que estás a salvo dentro de la casa".

Sabía que tenía gasolina limitada hasta que llegara a una estación, así que me volví y corrí nerviosamente a la casa. Cerré la puerta trasera detrás de mí y deslicé la pesada jaula de porcelana de roble que estábamos usando para colocar una barricada en su lugar. Luego giré las persianas verticales hacia arriba y cerré las cortinas, tal como Jace me dijo. Luego fui a la sala de estar, donde le hice señas a través de la ventana. Lentamente comenzó a marcharse, y también fijé las persianas y cortinas en esa ventana.

Mientras iba de habitación en habitación repitiendo las tareas, no pude evitar pensar. ¿Qué pasa si Jace no regresa? La idea envió un escalofrío de terror a través de mi cuerpo. Difícilmente estaba preparada para estar sola en tal situación. Si bien era lo suficientemente inteligente, no era el pensador rápido en situaciones de emergencia que Jace era. ¿Que debería hacer? ¿A dónde iría? Los pensamientos me impulsaron a terminar de arreglar las ventanas mucho más rápido. Tomé mi teléfono y me senté en un balancín acolchado en la sala de estar e intenté llamar a mis padres. Habían estado de vacaciones en el extranjero y regresarían hace tres horas. Quizás estarían bien.

El teléfono sonó y sonó, pero no obtuve respuesta. Ese era el teléfono de la casa, sin embargo, así que todavía tenía esperanza. Luego, llamé al teléfono de mi padre; y cayó directo al correo de voz. El de mi madre hizo lo mismo. Mi estómago se hundió; esto no era una buena señal. Nunca dejan que sus teléfonos se apaguen ni los apagan. Siempre les preocupaba perder una llamada mía.

Apoyé la cabeza en la parte trasera del balancín y me obligué a respirar. Empecé a razonar conmigo misma: no tenía idea de lo que estaba pasando. Por lo que sabía, mis padres se habían refugiado por seguridad y estaban bien. Tomé la sólida decisión de no preocuparme; no me llevaría a ninguna parte, solo empeoraría las cosas.

Me levanté y encendí el televisor: nada. Empecé a ojear los canales y finalmente llegué a CNN; milagrosamente estaba en el aire. Subí el volumen justo a tiempo para escuchar esto:

"... Aunque estamos encerrados aquí en el estudio. El CDC anunció hace catorce horas que la situación estaba, y está, deteriorándose rápidamente. Quédense en sus casas; no hemos recibido más noticias de ellos desde entonces, y hasta que los recibamos, continuaremos recomendando que nadie, repito, nadie, abandone la seguridad de sus hogares u otros alojamientos. Este es Richard Stanley con CNN. Estén atentos para recibir actualizaciones sobre la situación a medida que las recibimos".

El control remoto se cayó de mi mano y comencé a llorar.

R.W.K. Clark

CAPÍTULO 14

Debí quedarme dormida de tanto llorar. Soñé que estaba con Jace en el centro de la ciudad. Salíamos de su departamento, y mientras nos dirigíamos al sedán de la señorita Smythe descubrimos que ya no estaba.

"Está bien". Jace se volvió hacia mí y habló en la oscuridad. "Montamos nuestras bicicletas, ¿recuerdas?".

¿Bicicletas? Incluso en el sueño eso sonaba ridículo. No tenía una bicicleta. ¿Jace? Empezamos a buscar nuestras bicicletas cuando, en la oscuridad, apareció un enorme rostro gris, un hombre de unos dos metros, y me pareció igual de ancho. Su cara y su camisa estaban cubiertas de sangre, y estaba sonriendo de alegría. ¿Por qué estaba tan oscuro? ¿Dónde estaban las luces de la calle?

Antes de que pudiera siquiera abrir mi boca para gritar, él tenía agarrado a Jace. En una fracción de segundo le mordió la mejilla. Jace gritó en voz alta, luchando, pero no era rival para el monstruo sin alma. El zombi tomó la cabeza de Jace con ambas manos y la apretó. ¡Su cráneo cedió con una grotesca explosión! El monstruo se puso cómodo en la carretera y comenzó a deleitarse con sus cerebros frescos y cálidos.

Me desperté violentamente, y después de correr al baño vomité todo lo que había en mi estómago, incluso en seco por lo que pareció una hora después de que el resto de mi cena ya no existía.

¿Qué es ese ruido? Escuché algo golpear hacia la parte posterior de la casa. Mi estómago se sacudió de nuevo, pero esta vez de puro terror. Yo estaba conteniendo la respiración, asustada de que lo que estaba tratando de entrar la escuchara y se sintiera aún más decidido a entrar. ¿Había olvidado cerrar una de las persianas? Exhalé lentamente y comencé a gatear fuera del baño a cuatro patas, ganando solo una pulgada a la vez en medio de mi susto.

"¡Bang!". ¡Ahí está otra vez! Me esforcé por escuchar algo, cualquier cosa, que pudiera aclarar quién estaba afuera. "¡Alicia, soy Jace! ¡Date prisa y déjame entrar!

Salté rápidamente y corrí a la cocina donde procedí a empujar la alacena de porcelana fuera del camino. Miré a través de las persianas y vi a Jace mirando ansiosamente en la oscuridad, con los brazos cargados con dos bolsas grandes de lona y la caja que contenía la destilería. Desaté la cadena, volteé el cerrojo y giré la cerradura del pomo. Cuando abrí la puerta, Jace casi cayó en la casa. Estaba sudando profusamente y tenía los ojos muy abiertos por el miedo.

"¡Date prisa, vamos a cerrar este lugar de nuevo!". Dejó caer sus bolsas, puso la caja sobre la mesa de la cocina, y en cuestión de segundos tuvimos la barricada en su lugar. Jace se dejó caer en una silla alrededor de la mesa, descansando e intentando recuperar el aliento.

"¡Jace, me asustaste! ¿Estás bien? ¿Qué pasó? ¿Todo salió bien?". Pareció asentir y negar con la cabeza al mismo tiempo. Me senté frente a él y traté de contener mi ansiedad hasta que estuvo en condiciones de comunicarse.

Después de unos cinco minutos completos, me miró. "Las cosas han cambiado más de lo que pensábamos, Alicia". No dije nada; solo esperé a que continuara, manteniendo mis ojos en él todo el tiempo. Tenía una expresión en su rostro que me decía que estaba repitiendo los acontecimientos que habían tenido lugar durante su ausencia, tratando de darle todo el sentido posible.

"Están muriendo". Finalmente comenzó a hablar, y se aseguró de que estuviera prestando atención manteniendo el contacto visual.

Lo que dijo no hizo clic conmigo de inmediato. "¿Quién está muriendo?". Estaba confundida. ¿No estaban ya muertos? ¿Encontró a otros como nosotros, otros que no habían estado bebiendo el agua?

Parecía estar un poco frustrado. "Los zombis, Alicia. ¡Los zombis están muriendo!".

Me quedé mirándolo. "¿Cómo lo sabes? ¿Cómo puedes estar seguro?".

"Bueno, mientras conducía hacia la ciudad, estaban en todas partes; en el medio de las calles, a lo largo de las aceras, en todas partes! Noté que este caminaba delante del auto, directamente frente a mí, así que disminuí la velocidad. Ya sabes, no quería llamar su atención en absoluto. Estaba a unos seis metros detrás de él cuando de repente solo... ¡cayó! No se tropezó, él solo... ¡cayó!". Hizo una pausa como para tomar aliento antes de continuar. "Tuve que detener el auto. No quería atropellarlo, quiero decir que había tantos que hubiera sido la cena si lo hubiera hecho, y Alicia, había algunos cuerpos, cuerpos reales, también por ahí".

"¡Jace! Entonces, ¿qué hay del zombi que cayó?". Me estaba frustrando; él estaba divagando y yo estaba teniendo dificultades para seguirle el ritmo.

Sacudió la cabeza como si no pudiera creer las imágenes que flotaban dentro de ella. "Bueno, los zombis que estaban caminando simplemente continuaron. Él no importaba. Esperé a que se moviera. Pensé que era una trampa o algo así, como si fueran lo suficientemente inteligentes como para tomarme por sorpresa". Él negó con la cabeza otra vez. "Después de unos diez minutos fui hasta el cuerpo y, bueno, él estaba muerto, Alicia. Le di una patada y él pareció romperse. Así que volví al automóvil y seguí adelante. En la próxima milla vi a cinco más hacer exactamente lo mismo".

"Es el agua, Jace". Eso fue todo lo que pude decir. Lo sabía con tanta seguridad como sabía mi propio nombre.

Él asintió. "Sí, pero estoy bastante seguro de que la falta de agua es la razón por la que se están comiendo a cualquier persona viva que puedan encontrar". No sé cómo eso arreglaría las cosas para ellos, pero no puedo pensar en ninguna otra razón. Era como si estuvieran en una misión y nada pudiera disuadirlos".

"¿Qué pasó, Jace? ¿Porque piensas esto? Sabes algo que no me estás diciendo". Continuó mirándome a los ojos, como si estuviera sopesando la posibilidad de que sufriera un shock si compartía la siguiente información conmigo.

"Cuando llegué al Lucky Star Mart en Melrose, decidí llenar el tanque porque había muy pocos caras grises por allí. Llevé el auto a la bomba y comencé a poner gasolina. No creo que haya metido cinco galones en ese auto y comenzaron a venir hacia mí. No fue nada como lo ha sido. Era como si... me olieran, Alicia, y se estuvieran lamiendo los labios; estaban hambrientos".

No sabía qué decir; mi sangre se había enfriado y todo mi cuerpo se sentía congelado. Habían sobrevivido de los vivos. Tomamos el agua y ahora ellos querían nuestra sangre.

Al menos, así era como se veía. "¿Qué vamos a hacer, Jace?". Traté de mantener el pánico fuera de mi voz. Estaba tan asustado como yo, y necesitábamos pensar y razonar correctamente.

Guardó silencio durante más tiempo del que me hubiera gustado, pero sabía que necesitaba pensar. Finalmente dijo: "Voy a instalar el microscopio y otras cosas de laboratorio que traje de mi casa. Por el momento cambiaré la habitación de la oficina a nuestro "laboratorio". Tomé parte de la 'carne' del zombi muerto, si así es como lo llamas. Está en mi bolso. También voy a tomar otra muestra de agua de aquí, si hay algo en el tanque. El cuerpo de la señorita Smythe también debería ser útil; recogí una muestra de su tejido antes de enterrarla. Vamos a analizar todo en lo que podemos poner nuestras manos. Tiene que haber algo que nos pueda dar algún tipo de idea específica de por qué los zombis han cambiado su comportamiento".

"Pero en este momento voy a poner en marcha nuevamente el destilador. Necesito limpiar, tengo sed y estoy seguro de que tú también. El agua estaba lista, así que podemos pasarla a algunos contenedores limpios. Intenta ver lo que puedes encontrar por aquí. Cuanto antes tengamos más agua filtrada, mejor".

Agradecida de tener algo en qué pensar aparte de nuestra situación actual, salté de mi silla y comencé a revisar los armarios. Sobre el refrigerador había dos armarios pequeños que contenían grandes botellas de leche de vidrio pasado de moda, de esos que tienen anillos de plástico alrededor del cuello para llevar. Había siete de ellas en total.

"Mira, Jace. ¿Servirán?". Él me dio una amplia sonrisa.

"Perfecto, tráelas a la habitación de atrás. Ya tengo el destilador preparado ahí". Los saqué de los estantes uno por uno y los llevé a la habitación de atrás. Jace llenó cada una, siete galones en total. Todavía quedaban tres galones en el tanque del alambique, así que volví a salir y buscamos alrededor de la cocina. Encontré un recipiente de helado de cinco galones. Vaya, le debe haber encantado su helado, pensé. Mantuvo el resto del agua bien. Cubrimos la boca de las botellas de leche con papel de aluminio para mantener el agua lo más limpia posible. Pudimos meter dos botellas de un galón en el refrigerador, pero no más, así que alineamos el resto de los contenedores cuidadosamente en el mostrador de la cocina.

"Lleva uno de esos al baño y límpiate si quieres", me dijo Jace. "Voy a usar esta jarra de zumo para llenar el respaldo de el destilador. Es solo de medio galón, por lo que tomará un par de viajes. También puedes aprovechar el tiempo. Iré luego de ti".

Nunca había estado más agradecida y, dándole las gracias, agarré una de las botellas y me dirigí al armario del pasillo, donde agarré una toallita y una toalla de los estantes. "Saldré pronto", le dije.

"Tómate tu tiempo, Alicia. No te apresures. Yo no lo haré". Sonrió de nuevo y llevó su segunda jarra de agua a la habitación de atrás, murmurando, nuestro "laboratorio".

Me lavé el pelo, usando muy poco jabón, por lo que el enjuague no sería un problema. Luego limpié mi cuerpo a fondo mojando la tela y enjabonando con una botella de gel de baño que Miss Smythe había tenido. Estaba perfumado de pepino. Me sentí triste al usarlo y al pensar en esta mujer muerta que disfrutaba el aroma de los pepinos, al igual que yo.

Cuando terminé, salí del baño con una toalla a mi alrededor. La idea de ponerme la misma ropa sucia fue repugnante, y simplemente me negué. "¿Trajiste algo para usar que me quede bien? ¿Una camiseta, tal vez?". Jace estaba sentado en la mecedora en la que me había quedado dormida, y él se levantó de inmediato.

"Claro. Tengo una camiseta y sudaderas. Tendrás que irte sin ropa interior, es decir, a menos que quieras ponerte un par de mis boxers".

Estallé en carcajadas. Se sentía tan bien reírse realmente. "Creo que pasaré, pero gracias de todos modos". Se dirigió al dormitorio principal y cuando salió tenía la ropa limpia. Mientras me la daba, sus dedos rozaron los míos, poniéndome la piel de gallina. Me sonrojé y él sonrió. Mientras sostenía la ropa sobre mi pecho, su rostro se puso serio y se acercó a mí. Antes de darme cuenta, sus suaves labios estaban sobre los míos, su lengua lamiendo, buscando la mía. El beso duró para siempre, y eliminó el miedo y el estrés que nos había agobiado durante horas.

"Voy a lavarme", susurró Jace. Vi que también se sonrojaba, y mientras se dirigía al baño, caminó hacia atrás, sin apartar la mirada de mí y la sonrisa en su rostro.

"¡Mira la mesa final, Jace!". Se movió en el último momento, evitando un buen hematoma en solo unos segundos.

"No vayas a ningún lado, Alicia". Y me hizo un guiño. "Volveré pronto".

CAPÍTULO 15

Independientemente de nuestras circunstancias esa noche con Jace en esa pequeña casa de campo fue fácilmente la mejor noche de mi vida. Mientras él se limpiaba, calenté una lata de estofado de ternera, que comimos en silencio con música mp3 tocando suavemente desde la pequeña unidad de Jace. Nos miramos el uno al otro con caricias visuales; las palabras no fueron necesarias

Después fuimos a la sala de estar y nos sentamos en el sofá al otro extremo. Cogí una colcha, que colgaba sobre el respaldo del sofá, y me cubrí un poco con esta, acurrucándome contra Jace como una pista de que necesitaba un contacto humano. Envolvió su brazo izquierdo a mi alrededor y me besó en la frente. Cerré los ojos y me deleité en el placer que daban sus labios. Él comenzó a besar suavemente mi cara entera con besos dulces y ligeros que se sentían como plumas rozando mi piel. Un gemido suave escapó de mis labios, y me derretí en sus brazos.

Comenzó a acariciarme gentilmente con sus manos, acariciando mis brazos y mi cuello, finalmente caminando hacia mis senos. Mis pezones ya estaban endurecidos por la emoción. Lo sentí sonreír cuando sus dedos los tocaron. Abrí los ojos y lo miré. Él me miró y lentamente se quitó mi camiseta, manteniendo nuestra mirada todo el tiempo.

"Te amo, Alicia. Yo moriría por ti". Me besó en la boca, y no hubo dudas cuando mi boca se abrió para recibirla. Después de un momento comenzó a besar mi cuello, mi pecho, mis senos. Todo mi cuerpo estaba ardiendo, mis caderas se arqueaban involuntariamente, buscando algo que aún no estaba allí. Como si fuera una señal, su mano se abrió paso entre mis piernas. Él me acarició gentilmente a través de los pantalones de chándal.

"Oh, Jace, yo también te amo". Me di cuenta de que mis caderas se movían con un poco de frenesí y alargué la mano para dar un tirón a la cuerda de los pantalones elásticos. Necesitaban salir.

Jace se me adelantó, y en segundos ambos disfrutamos de nuestra desnudez con el éxtasis de nuestra piel. Lo sentí empujar suavemente, y él estaba dentro de mí. Gruñí de placer. Seguramente debería sentirme culpable por disfrutar de mi vida cuando el mundo se derrumbaba a mi alrededor, pero no sentía esa emoción. No quería que esto terminara nunca.

Nos movimos juntos en un ritmo perfecto hasta que el calor de mi clímax me abarcó. Le escuché contener la respiración, su cuerpo se puso tenso. Nos unimos tomados de la mano y respirando con dificultad. Me quedé dormida casi de inmediato, con Jace todavía dentro de mí, su cálida y húmeda piel tocando la mía.

∞

Me desperté con un pensamiento; Jace se había ido. "¿Jace? ¡Jace!". Salté, envolviendo la manta alrededor de mi desnudez. "¿Dónde estás?".

Jace apareció en el pasillo, sonriendo. "Lo siento, Alicia. No pude dormir; tanto que hacer, tanto en mi mente. Estabas durmiendo como un bebé. No tuve el corazón para despertarte". Me caí al sofá y lágrimas de alivio se filtraron por debajo de mis párpados.

"No hagas eso otra vez, Jace. No puedo perderte...". Mi voz estaba un poco rota, mis lágrimas eran obvias.

"¡Oh, cariño, lo siento!". Él rápidamente vino a mi lado y se sentó junto a mí, envolviendo sus brazos a mi alrededor en un abrazo seguro. "Nunca me iría sin despertarte y sin decirte lo que estaba haciendo. No voy a dejar que lidies con estas cosas sola. Te amo, Alicia". Me tomó un poco recuperar mi compostura. Una vez que me sentí emocionalmente estable, le dije que me iba a vestir.

"He estado en la habitación trasera... en el laboratorio". Sonrió. "Estaba aprovechando el tiempo para mirar esas muestras que tomé mientras estaba fuera, así como el agua de aquí y... la señorita Smythe".

Hice una mueca. "¿Has encontrado algo nuevo?".

"No estoy seguro de que 'nuevo' sea la palabra, pero definitivamente 'diferente' se ajusta". Él seguía sonriendo mientras hablaba, lo que alivió mi tensión un poco. "Adelante, vístete. Nos vemos allí atrás".

Él salió de la habitación y me volví a poner mi sudadera y mi camiseta. Me detuve en el baño y pasé un peine, que encontré junto al lavabo, a través de mi cabello. Cuando me sentí un poco más satisfecha con mi apariencia fui a la habitación de atrás para descubrir lo que Jace había descubierto.

Al entrar al dormitorio, noté que Jace había ordenado claramente un espacio de trabajo bastante funcional. Se quitó todas las chucherías y liberó los estantes ahora alineados con tubos, vasos de precipitado y equipo... vaya, ¿Jace había traído todo esto de su departamento? Tenía una pequeña lámpara de escritorio iluminando una mesa de juego que contenía su microscopio, platinas y otros equipos que sentía que podía necesitar. Había empujado una pequeña mesita de noche a una posición a su derecha, y en ella tenía varios cuadernos, así como un par de volúmenes pesados que no pude distinguir. Él tenía nuestro portátil en el escritorio con cuadernos, muchos lápices y una pila de volúmenes más pesados.

"Definitivamente voy a necesitarte", dijo con sonriente entusiasmo. "Soy capaz de identificar y reconocer una reacción química, pero en cuanto a su efecto potencial sobre el tejido vivo, bueno, no puedo".

"¿Qué tienes?".

La expresión de su rostro me dijo que no estaba seguro de por dónde empezar. "Para empezar, probé el tejido del zombi que vi morir. No pude identificar ninguna bacteria de ningún tipo; es casi como si la carne fuera... estéril".

"¿Estéril?". Le di vueltas a esto en mi mente. La única forma en que podía ver que esto fuera cierto es comparando su carne muerta con ceniza, o posiblemente con polvo, pero me estaba inclinando hacia las cenizas. "¿Qué pasa con el pañuelo de la señorita Smythe? ¿Encontraste algo allí?".

Él asintió vigorosamente. "Lo tengo. Hay bajos niveles de bacterias en su tejido. Esto me dice que cuando apagamos el agua, los caras grises comenzaron a buscar organismos vivos que pudieran proporcionarles el 'arreglo' de mantenimiento que tanto necesitaban".

Estaba dispuesta a estar de acuerdo con él. Ninguna otra explicación tiene sentido. ¿Podrían olerlo en sus víctimas? ¿La señorita Smythe había ingerido suficiente agua mala para que se acumulara antes de que ella no pudiese soportar más, llevándola a dejar de beberla? ¿Lo hicimos? Pensé en cuando comencé a notar la podredumbre del agua. ¿Cuánto había pasado antes de resignarme al hecho de que, para mí, el agua no era potable? No recuerdo. En ese momento, no pensé que importara.

Jace continuó. "Así que tengo una idea que puede ayudarnos a aclarar un poco las cosas". Es peligroso, y probablemente no te va a gustar, pero estoy bastante seguro de que será la única forma de obtener la claridad que estamos buscando".

Tenía miedo de preguntar. Tomé una respiro profundo, pero ya estaba segura de que sabía lo que Jace iba a decir. "Adelante".

"Necesito tejido de un zombi móvil, 'vivo'. Necesitamos averiguar si tienen bacterias activas dentro o sobre ellos, y si es así, cuáles son los niveles. Sería ideal tener dos o tres muestras variables para comparar". Lo estaba mirando fijamente, tratando de deducir si este hermoso hombre había perdido por completo su juicio. Sabía que no era así.

"Jace, ¿cómo demonios propones que vayamos a obtener estas muestras? ¿Los recoges a la venta en el Super ZeroMart?". Pude saborear el pánico que se elevaba en mi garganta. ¿Hablaba en serio?

Se levantó y caminó hacia mí, donde se arrodilló ante la silla de madera en la que estaba sentada. Puso sus manos sobre mis rodillas y me miró a los ojos. "Alicia, tenemos que hacerlo. Si podemos determinar con certeza que la bacteria es el problema, podemos buscar una forma no solo de erradicarla, sino que podemos desarrollar algún tipo de vacuna que pueda ayudar a aquellos que aún no se han ido. Quiero decir, cuando miras el panorama general es como una responsabilidad nuestra, ¿no crees?".

Me levanté. Sus manos cayeron sin fuerzas de mi regazo mientras desaparecía. Miré hacia el espacio pensando todo lo que me había dicho en mi cerebro. "Entonces, ¿tienes alguna idea brillante sobre cómo vamos a obtener estas muestras codiciadas?". Él estaba en lo correcto; era nuestra responsabilidad. Lo que dijo era verdad. No veía otra forma.

"Bueno, planeo conducir hasta que pueda encontrar a uno de los cara gris solo. Si puedo golpearlo en la cabeza solo lo suficiente como para derribarlo, sería perfecto. Entonces podría obtener una muestra 'viviente'. Tan vivo como pueda estar, en cualquier caso". Él estaba sonriendo sin ningún tipo de humor.

Negué con mi cabeza. "No vas a intentar esta aventura solo, Jace. Este es definitivamente un trabajo para dos personas. Tendré que ayudar, y no hay otra opción. De esa manera, si tienes a uno e intenta atacarte mientras reúnes la muestra, puedo acabarlo por completo". Mi mente se quedó quieta. "¡Espera un minuto! El zombi del que sacaste la muestra, el que murió. Había estado sin agua durante el último día y medio. Si golpeamos las cabezas de los vivos y cosechamos muestras inmediatamente, deberíamos estar seguros de obtener muestras de tejido de calidad. Tal vez incluso podamos tener la suerte de conseguir uno que acaba de alimentarse de un humano".

"Podemos tomar un enfriador con hielo para mantener las muestras frescas. La señorita Smythe tiene un pequeño refrigerador de cerveza en el garaje. Tendremos que hacer hielo limpio; no queremos usar nada que haya sido contaminado de ninguna manera". Él asintió, más para sí mismo que para mí.

"Podemos comenzar cuando llegue la noche". Echaré un vistazo a las cosas que ya tienes y veré si puedo recoger cualquier cosa que te hayas perdido. Necesito comenzar. Podemos descansar durante el día". Me acerqué a la silla en la mesa de juego y tomé asiento. "Está bien, Jace. Dime qué es qué, y muéstrame tus notas. Actualízame hasta donde estás".

Tiró de la silla de madera a mi lado y comenzó a explicar su investigación desde el principio. Estuvo bien, pero hablando biológicamente había pasado por alto algunos trucos. Supongo que fue más que una simple coincidencia que dos supervivientes de zombis fueran especialistas de biología y química. Estaba empezando a creer en el destino cada vez más, y me llenó de coraje y un sentido de propósito.

Era hora de que abrazara mi destino.

CAPÍTULO 16

La noche siguiente seguimos con nuestro plan de recolectar muestras activas de tejido de los caras grises. Dejamos nuestra nueva casa a las 8:30 p.m. y manejamos por las afueras de LA, abriéndonos camino hacia adentro y buscando zombis solitarios que pudiéramos encontrar. Alguien nos sonrió, porque terminamos con muestras de siete zombis diferentes. No solo conseguimos golpear sus cerebros, sino que obtuvimos dos muestras de cada uno: piel y tejido, para un total de catorce. Empacamos cada uno de manera adecuada, utilizando artículos para el hogar de la señorita Smythe, y los pusimos en hielo en un pequeño refrigerador para mantenerlos hasta que regresáramos a la casa.

Nuestras pruebas validaron nuestras sospechas: los niveles de bacterias en cada zombi variaban. Los que habían logrado encontrar y comer a personas vivas, tenían niveles mucho más altos que los que se encontraban errantes o que no habían conseguido presas en las últimas horas. Ambos acordamos que la bacteria era la culpable. El vertido del suministro de agua había sido un movimiento inteligente. Zombis muertos cubrían la ciudad como basura. La mayoría de esas infecciones estaban cubiertas de manchas de sangre o sangre fresca por haber comido recientemente. También había más restos de seres humanos vivos de lo que nos hubiera gustado ver. Todos deben haber entrado en pánico y haberse escondido. Eso explicaría por qué ninguno de nosotros vio o entró en contacto con ninguno de ellos.

∞

Las siguientes seis semanas las pasamos principalmente dentro de los confines de la casa, leyendo libros de investigación que habíamos sacado de la biblioteca pública y llevando a cabo una variedad de experimentos mientras intentábamos encontrar una cura para aquellos que aún estaban caminando y desarrollando un químico para combatir las bacterias existentes. Los ríos y lagos estaban muy contaminados con los pequeños monstruos desagradables, como lo aprendimos rápidamente durante nuestra investigación. Dedujimos que desarrollar la mezcla química correcta, que no debería ser tóxica para los humanos y la vida silvestre, y luego ponerla en el agua en Los Ángeles, nos ayudaría a levantarnos y comenzar a arreglar las cosas de nuevo.

El problema con una vacuna, como descubrimos pronto, fue que los que ya tenían la cara gris se habían descompuesto con tanta rapidez que librarlos de la bacteria los mataría. Sus órganos ya no eran capaces de sostener la vida. La única esperanza para reconstruir esta sociedad sería encontrar a aquellos que no se volvieron, no se los comieron, y cuyos cuerpos tuvieran suficiente de la bacteria que necesitaba para ser erradicada. Hasta el momento, ni Jace ni yo habíamos encontrado a nadie, y los cuerpos de los vivos se volvían cada vez más difíciles de encontrar. Esto significó una disminución definitiva en la población del área. Mantuvimos nuestro enfoque en la guerra química que creíamos que nos ayudaría a arreglar las cosas. Prestaremos más atención a la vacuna si surge la necesidad y cuándo lo haga.

Tanto Jace como yo habíamos hecho un esfuerzo exhaustivo para localizar a cualquiera de los miembros de nuestra familia que pudiera estar vivo, pero todo fue en vano. Los teléfonos celulares fueron directamente al correo de voz. Los teléfonos de la casa no transmitieron más que señales rápidas de ocupado. Probamos un nuevo miembro todos los días, solo para sentirnos cada vez más desalentados con cada intento fallido. Nos turnamos llorando, respirando, y de otro modo nos sostuvimos hasta que las lágrimas desaparecieron, solo para repetir el proceso otra vez en uno o dos días. Estaba empezando a parecerse a la única esperanza para el mundo, y para su renovación, seríamos nosotros, y así, con todo eso en mente, continuamos nuestra investigación.

∞

Durante nuestra séptima semana de estudio, un miércoles, estaba leyendo sobre diversos antibióticos y cómo atacan diferentes formas de vida bacteriana. Estaba en la sala de estar, y Jace estaba experimentando con productos químicos y agua infectada en nuestro pequeño laboratorio improvisado. De repente irrumpió en la habitación.

"¡Alicia, creo que creo que he encontrado algo!". Mi corazón comenzó a latir tan fuerte y rápido que pensé que irrumpiría en mi pecho. Habíamos estado trabajando casi sin parar durante tanto tiempo, y últimamente me sentía agotada y cansada. Jace me había dicho que me veía pálida e incluso había estado luchando por mantener la comida. Encontrar la combinación correcta significaría salir y tomar el sol, que es lo que pensaba que era mi problema.

Rápidamente me senté en el sofá donde había estado leyendo. "¿Qué encontraste, Jace?". Mi voz estaba llena de esperanza.

"Combiné nuestro producto químico J675 con siete partes de eritromicina. Al principio no parecía que los dos pudieran sostener la compatibilidad, pero al cabo de diez minutos los niveles de eritromicina no solo se habían duplicado, sino que las moléculas parecían estar... ¡volviéndose más fuertes!". Debo haberlo mirado como si estuviera enojado, porque eso era exactamente lo que estaba pensando. "No importa. Puse la combinación en una muestra de agua, la dejé caer en una platina y eché un vistazo. La muestra de agua estaba cargada de bacterias, y desagradables. ¡Alicia, en treinta segundos, hasta el último rastro de bacterias desapareció por completo!".

Solo lo miré, tratando de ver si todos nuestros estudios lo habían llevado a lo más profundo. "Necesito ver la platina, Jace".

Me condujo emocionado a la sala de atrás, donde me senté en la mesa de juego y esperé a que reposicionara la platina. Eché un vistazo duro. El agua estaba más limpia que cualquiera que haya visto antes. ¡Ni siquiera pude identificar ninguna estructura molecular medicinal dentro de la muestra!

"Jace, necesito ver esto por mí misma. ¿Puedes configurar otra muestra sin procesar?".

Él asintió con entusiasmo. "Esperaba que preguntaras". Sacó otra serie de platinas y puso una muestra de agua contaminada en esta. Deslizándolo debajo del espectador, dijo: "Echa un vistazo".

Tenía que ser la muestra más repugnante de todas. Incluso las muestras anteriores desde el principio no fueron tan malas. Las cosas se pusieron progresivamente peor. ¡Esperaba que él tuviera razón!

"Ahora, dame un segundo", dijo Jace. Removió la platina y expuso la muestra. Tomó un gotero de líquido azulado claro de un vaso de precipitados en su mechero Bunsen y no introdujo ni una gota en la platina. Poniéndolo de nuevo juntos colocó la muestra debajo del espectador. "¡Rápido, mira otra vez!". Sus ojos estaban ardiendo.

Me incliné y miré. Las nuevas moléculas simplemente se daban un festín con la bacteria;

literalmente estaban desapareciendo, sin dejar nada atrás, excepto moléculas claras y limpias de agua. Aspiré con fuerza.

"¡Jace, está claro que lo estás consiguiendo, cariño!". Miré de nuevo. La muestra estaba completamente libre de bacterias, y había tenido lugar en menos de dos minutos.

Jace asintió vigorosamente. "Ahora todo lo que tenemos que hacer es asegurarnos de que el efecto sea duradero". Comamos un poco y regresemos en un momento". Dejó las cosas a temperatura ambiente para simular la naturaleza de la mejor manera posible; no queríamos desviarnos.

∞

A pesar de que no tenía hambre, preparé dos sándwiches de mortadela y queso, y le di a Jace un tazón de requesón con el suyo. Mi apetito ya no era lo que solía ser. ¿Me estaba convirtiendo?

"Estoy demasiado emocionado para comer, pero sé que necesito mi fuerza". La expresión de su rostro cambió a una de preocupación cuando me miró. Empecé a separar mi sándwich, pero todavía tenía que tomar un bocado. "Alicia, tienes que comer".

"Simplemente no tengo mucha hambre, nunca...", dije, mientras mi voz se apagaba. "Estoy preocupada, Jace. ¿Crees que estoy cambiando?".

"¡No! No hay forma. No has ingerido agua en mal estado. No has sido atacada. No hay forma. Hemos estado aquí por más de un mes y medio. Piensa en lo que dices en comparación con lo que dice la ciencia".

Él estaba en lo correcto. Lo que sea que estaba mal conmigo, no tenía nada que ver con que me convirtiera en una cara gris. ¿Un resfriado, tal vez? ¿La gripe?

De repente, Jace sacó un punto válido. "Sabes, nos quedamos aquí en la casa, y todo lo que hacemos es investigar bacterias y tornillos. ¿Cuándo fue tu último período, Alicia? Te pregunto porque no has tenido uno desde que hemos estado aquí, que yo sepa".

Fue como si me golpeara en el pecho. ¿Realmente olvidé algo tan vital como el hecho de que no había tenido un período en casi ocho semanas? ¿Cómo podría pasar por alto tal cosa? Sabía que la ansiedad podría distraer, pero esto era ridículo.

"Desde antes que los zombis, Jace...".

Él sonrió. Sus pensamientos eran casi audibles. Estaba pálida, no tenía energía y mi apetito era casi inexistente. Todo lo que hicimos fue tener sexo e investigar. Sí, estaba embarazada. De repente, no había ninguna duda en mi mente de por qué me había sentido tan... apagada.

"¡Jace, no podemos traer un niño a esto!". Una mirada afligida apareció en su rostro, una expresión parecida al pánico.

"Lo que sea que estés pensando lo olvidarás de inmediato. Por lo que sabemos, somos todo lo que queda para comenzar de nuevo. No hay mejor momento para patear las cosas que el presente, ¿no crees? La alegría había salido de sus ojos. Se enfureció ante la idea de terminar un embarazo por cualquier motivo, incluso uno como el estado del mundo. "Esta noche te buscaré una prueba de embarazo en la ciudad. También traeré algunas píldoras de hierro y suplementos vitamínicos... y más leche deshidratada. Bien podrías prepararte para ser mamá. Tengo la sensación de que es un trato hecho". Se levantó y salió de la habitación sin terminar de comer.

Bajé la vista hacia mi propio plato, la culpa se apoderó de mí. ¿Realmente había considerado la idea de matar a mi propio bebé? Él estaba en lo correcto. Este niño era un nuevo comienzo, si es que estaba embarazada. Sabía que era verdad en el fondo, y estaba avergonzada por el nivel de egoísmo que acababa de mostrar. Me levanté y arrojé mi sándwich a la basura. Necesitaba averiguar si Jace y yo estábamos en el camino correcto.

Especialmente ahora.

CAPÍTULO 17

Entré en la habitación de atrás y me encontré con que Jace estaba recostado en la silla de la mesa de juego, con una mirada de satisfacción pegada a su rostro. "Se mantuvo, Alicia. Se mantuvo".

Sonreí ampliamente. Parecía que habíamos dado con el comienzo de una solución. Ahora para determinar, y tomar, el próximo paso que traería a nuestro mundo de vuelta.

"¿Tienes alguna teoría sobre lo que debería ser el próximo paso?". Estaba ansiosa por escuchar lo que había estado ocurriendo en la mente de Jace en los últimos minutos.

Él continuó sonriendo. "Sí. Tenlo por seguro". Se levantó y salió de la habitación. Me senté en la silla de madera y esperé su regreso. Pronto, regresó con una botella de agua que contenía agua contaminada. Era una de las muchas que habíamos tomado del río para poder realizar nuestra investigación de manera conveniente. Se sentó en el escritorio y echó un último vistazo a la platina en el microscopio. Sonrió de nuevo, satisfecho, antes de limpiar la platina con desinfectante. Luego tomó un cuentagotas limpio y extrajo un poco del agua contaminada de la botella. Lo preparó en una platina y echó un vistazo. Debe haber sido malo, porque se encogió visiblemente.

"Echa un vistazo", dijo mientras se levantaba de su silla para hacer espacio para mí.

Me coloqué frente al microscopio y, tomando una respiración profunda, miré la muestra. Mientras que el agua se veía bien a simple vista, el microscopio contó otra historia: era tan rancio como olía.

"Malo", fue la única palabra que pude decir. Solo mirarlo me hizo querer vomitar en respuesta a mi vientre vomitando.

Él asintió. "Entonces, ahora que hemos verificado que el contenido completo de esta botella, que es de dieciséis onzas líquidas, está terriblemente contaminado, introduciré el antibiótico de la mezcla química. Comenzaré con una gota".

Una vez que él había administrado la gota, la dejamos reposar por un momento, sin decir una palabra el uno al otro. Jace puso un temporizador de cocina que habíamos encontrado en la otra habitación durante dos minutos. Su pie golpeó ansiosamente mientras esperábamos lo que pareció una eternidad.

Finalmente el timbre sonó. Ambos saltamos a pesar de que lo esperábamos. Jace detuvo el ruido y agarró un cuentagotas limpio de una caja que contenía alrededor de una docena de ellos. Sacó un poco del agua y colocó una gota en una platina limpia que tenía lista y esperando. Luego, la colocó bajo el microscopio y echó un vistazo. Yo estaba conteniendo la respiración mientras lo miraba, esperando ver la expresión de su rostro.

Se volvió hacia mí lentamente. "Alicia, muestra una diferencia dramática...".

Salté y me eché un vistazo. La muestra fue la mitad de desagradable que la primera.

"Démosle dos minutos más y veamos qué pasa", sugerí. Él asintió con la cabeza y configuró el cronómetro.

Esta vez estábamos listos cuando el temporizador zumbó, ambos paseando en círculos en la pequeña habitación. "Haz los honores", me dijo Jace, sonriendo.

Me incliné y eché un vistazo. Parecía ser peor.

"Las bacterias se están reproduciendo, Jace. Comencemos desde cero e introduzcamos dos gotas de agua. Prueba y error, ¿verdad?". Se buscó a sí mismo, asintió y comenzó a limpiar goteros y portaobjetos con desinfectante.

Dos gotas causaron un daño significativamente mayor a las bacterias en una nueva botella de agua contaminada, pero terminamos descartando esa también. La tercera botella de dieciséis onzas recibió cuatro gotas, solo para estar seguros. Después de que se disparara el cronómetro de dos minutos, ambos tomamos un buen vistazo.

¡El agua estaba impecablemente limpia!

"Yuju!", gritó Jace. Dio un salto y no pude evitar unirme a él. Bailamos, lloramos, nos tomamos de la mano, y nos abrazamos. Parecía que había una luz al final del túnel.

Jace se detuvo y me mantuvo a distancia. "Está bien, linda, este es el plan. Esta noche voy a la ciudad a buscar las cosas que discutimos. Si estás embarazada, tenemos que ocuparnos de sus necesidades de acuerdo con eso". Esperó para obtener mi aprobación. "Está bien, ahora que estamos en la misma página en ese libro, terminaré mi tarde haciendo algunas matemáticas de trabajo pesado y preparando suficiente cantidad de este químico para introducirlo en los cuerpos de agua locales. Los zombis ya están muriendo rápidamente; necesitamos que se hayan ido por completo".

Suspiré de alivio y miré el reloj. Eran las 3:17 p.m. por la tarde. Jace no se iría hasta el anochecer. "Digo que tengamos sexo", le dije.

Él se echó a reír antes de tomarme en sus brazos y darme un gran abrazo. Luego me tomó de la mano y me llevó a la habitación contigua en la cama doble. Lentamente me quité la ropa, mirándolo directamente a los ojos y sonriendo todo el tiempo. Su emoción se hizo cada vez más obvia. Intentó tocarme varias veces, pero lo detuve una y otra vez.

Finalmente él suavemente me dominó, y bajándome a la cama él plantó besos por todo mi cuerpo. Gemí suavemente, una y otra vez, a medida que se acercaba cada vez más al lugar que realmente quería que besara, y cuando llegó, lo besó, lo hizo. Él me trajo al clímax una y otra vez. Mantuve la almohada sobre mi cara para no gritar, pero no lo detuve.

Finalmente tuve la oportunidad de devolverle el favor, y lo llevé a la boca con avidez. No pasó mucho tiempo antes de que su espalda se arqueara y su cuerpo se pusiera rígido, y me complació el hecho de que lo había puesto en este estado vulnerable.

Nos quedamos tumbados en el colchón, los dos dormitando dentro y fuera, hasta que finalmente estaba soñando. Me desperté con su suave sacudida y sus suaves besos. Oh, Jace...

"Levántate, linda. Necesitamos comer, y luego iré a la ciudad. Son más de las siete". Al oír la hora, me desperté por completo. Puse mis pies en el suelo y junté mi ropa para vestirme. En poco tiempo lo alcancé en la cocina, donde estaba precalentando el horno para hornear una de las varias pizzas congeladas que había traído de la ciudad hace unos días.

Estábamos atolondrados como niños de la escuela mientras comíamos, sentados uno al lado del otro y tomados de la mano mientras masticamos. El final estaba a la vista, simplemente lo sabía. No había necesidad de temer que esta casa sería nuestro lugar de descanso final. Habíamos hecho lo correcto, habíamos dado los pasos correctos cada vez que se requería un paso, y finalmente estaba dando sus frutos. Íbamos a ver el final de este desastre, y lo íbamos a ver pronto.

Me deshice de nuestros platos de papel, un recurso que había comenzado a usar para ahorrar en nuestro suministro de agua. Jace empacó algunas cosas en una mochila e hizo una lista de lo que quería conseguir mientras estaba en la ciudad. Antes de dejarlo salir por la puerta de atrás, me dio un beso apasionado, uno que dio de todo su ser. Respondí de la misma forma. Luego agarró su bate, lo apoyó en su hombro, y me sonrió.

"Volveré pronto. Bloqueo y barricada, bebé".

Le devolví la sonrisa. "¡Ya lo tienes! Corre a casa". Luego lo dejé salir, cerré y cubrí la puerta.

Pronto seríamos libres.

R.W.K. Clark

CAPÍTULO 18

Jace se había ido, y decidí que trataría de ojear los canales de televisión. Tal vez podría encontrar algo que haya sido pregrabado y puesto en el aire para apaciguar al público. Tenía la sincera esperanza de que la CNN transmitiera una actualización sobre el estado de los "asuntos zombis". Sin embargo, no dejé que mis esperanzas fueran demasiado altas. Pensé que la mayoría de las personas estaban muertas o deambulaban cerca de la muerte.

Pasé los canales uno a la vez, cada uno mostrando un mensaje de 'fuera del aire'. Un par de las redes nacionales estaban ejecutando bucles de reposiciones; cómo tuvieron la previsión de establecer eso, nunca lo sabré. Cuando llegué a la CNN, el mismo periodista estaba sentado en un escritorio, con la piel pálida.

"Desde Tulsa, Oklahoma, noticias de última hora... las autoridades federales existentes han informado a la sala de redacción de la CNN que no hay sobrevivientes en el área... repetimos... Tulsa no tiene sobrevivientes conocidos en la crisis mundial que está teniendo lugar actualmente. John Thomas nos lleva a la escena en vivo para analizar las perspectivas en esa ciudad".

Me había puesto rígida por completo antes de que el presentador de noticias hubiera llegado a la primera frase. Tan pronto como escuché 'Tulsa' me congelé. Esto es lo que había estado esperando oír, y ahora que lo escuché fue desgarrador. Hasta el momento, ¿no habían encontrado a nadie vivo en toda el área? ¿No podría la gente esconderse en sus casas?

El hecho es que nadie lo vio venir. ¿Cómo podían haberlo sabido mis padres al bajar de un avión de sus vacaciones? No había manera. En cuestión de segundos, consideré a mi papá y a mi madre. Estaba embarazada, y lo sabía. Deseaba desesperadamente que mi madre estuviera viva, correr hacia Tulsa y buscarla, contar con su guía y su ayuda. Esto no era más que un sueño imposible. Ahora lo sabía.

Mi mente estaba llena de recuerdos a la vez. En el parque con mi madre cuando era pequeña. Mi padre me balanceaba en grandes círculos por mis brazos hasta que pensé que moriría riendo o vomitando. La forma en que mis padres me confortaron y me hicieron reír, cuidándome por completo cuando me rompí el brazo en gimnasia, o cualquier momento en que estuve enferma o herida. Sacudí mi mente de los recuerdos en un esfuerzo por evitar que las lágrimas cayeran por mi rostro. Quería gritar, pero tenía miedo de hacer eso. En cambio, enterré la cara en una almohada que tenía en mi regazo y sollocé hasta que no hubo más lágrimas que llorar.

La noticia continuó con su horrible relevo, elaborando sobre la situación sombría en mi ciudad natal. Mostraron carretes de noticias de la zona; las calles estaban llenas de nada más que personas muertas. Pensé en la vida que podría crecer dentro de mí, y tuve que saltar y correr al baño. La poca cena que me quedaba en el estómago se vaciaba en el retrete como un desperdicio. Comencé a llorar nuevamente. No sabía cómo ser madre. ¡Todavía lloraba por mi propia madre! Me acurruqué en el piso y lloré hasta que estuve prácticamente agotada. No sabía qué hacer ni a quién recurrir. Aparte de Jace, no tenía absolutamente nada.

Mi corazón estaba roto en mi pecho; sabía con certeza que mis padres, y probablemente el resto de mi familia, habían desaparecido. Me controlé y volví a la sala de estar para enfrentar la verdad, sollozos ocasionales escapaban de mis labios. Me senté en la silla y subí un poco el volumen.

"Como pueden ver por la escena detrás de mí, no hay nadie excepto yo y mi tripulación que sean normales en todo Tulsa. Los CDC informan que, mientras buscan constantemente respuestas y una solución sólida a esta epidemia, han progresado muy poco hasta la fecha. Los cambios que han tenido lugar en personas de todo el mundo han continuado perpetuándose, y muchos de estos... zombis... han pasado de la violencia entre unos con otros, a la violencia hacia humanos normales y sanos. Los funcionarios del gobierno recomiendan encarecidamente que permanezcan bajo techo a toda costa, y si se enfrenta a uno de estos individuos enfermos, trate de evitar cualquier contacto. Si el contacto es inevitable, la única forma de escapar del daño y salvarse es golpeándolos en la cabeza. Otros informes dicen...". No pude escuchar más. Apagué la televisión con el control remoto y volví a quebrarme.

∞

Para cuando me había recuperado, me di cuenta de que eran poco más de las diez. ¿Dónde estaba Jace?

Pude imaginar cada escenario horrible bajo el sol, y terminé sentada en el suelo junto a la ventana delantera para poder mirar por las persianas y buscar sus faros. Estábamos tan lejos de la ciudad, o al menos eso parecía, que no vi signos de vida durante los primeros veinte minutos que estuve allí sentada. De repente, había un movimiento obvio en el árbol junto a la entrada. Me quedé mirando fijamente, preguntándome si estaba viendo cosas. Nada. Continué tensionando mis ojos, pero fue en vano, y comencé a creer que me había dormido un poco y que el movimiento no era más que un sueño. De repente lo volví a ver, pero esta vez el movimiento fue seguido por una figura que se tambaleaba desde el tronco del árbol. ¿Jace?

Mi corazón comenzó a latir con fuerza mientras luchaba por hacer que la figura saliera en la oscuridad. ¡Cómo desearía que algo iluminara el área del patio! Justo en ese momento la luna golpeó la cabeza de la figura, y durante un segundo, tuve una visión clara: un cara gris se tambaleaba hacia la casa, lleno de hambre y propósito.

La confusión me alcanzó por un momento. ¿Por qué vendría aquí? No había absolutamente ninguna luz encendida, y la televisión estaba apagada. ¿Qué estaba atrayendo su interés? ¿Podrían estas cosas realmente oler a los vivos? La idea era demasiado difícil de soportar. Robó cualquier esperanza de esconderse con seguridad de estas criaturas sin vida. ¿Qué estaba haciendo el zombi aquí de todos los lugares?

Solté la persiana y me agaché más contra la pared junto a la ventana, pelando mis orejas, tratando de escuchar todo lo que pude. Pasó solo un minuto antes de que pudiera escuchar los gruñidos roncos que salían de su cuerpo por el esfuerzo que tuvo que poner para caminar. Poco después comenzaron los golpes y los gritos.

Estaba aterrada. Me arrastré por el piso hasta la cocina, donde mi bate estaba junto a la puerta trasera. Envolví mi mano alrededor del agarre del bate y la giré con el lado derecho hacia arriba, acercándola a mí. La barricada en la puerta principal se sacudió ligeramente con cada golpe de los puños del monstruo, y con cada intento fallido de romper la puerta, se enojó cada vez más, sus gritos cada vez más enfurecidos y más fuertes. Comencé a temblar y llorar, mis sollozos ahogados por mi propia mano izquierda. Podía sentir la bilis subiendo en mi garganta, y pensé que seguramente vomitaría allí mismo en el acto.

De repente, la parte inferior izquierda de la ventana de la sala fue golpeada... duro. De nuevo, esta vez rompiendo el cristal. Este zombi era débil. Era muy probable que estuviera cerca del final de su cuerda o que la ventana se hubiera ido de un solo golpe. Ahora me mordí los labios para contener el vómito, lo que me permitió tomar mi bate con ambas manos. Sus gemidos y gritos se hicieron cada vez más fuertes cuando reconoció que los golpes que administraba a la ventana en realidad estaban comenzando a hacer el trabajo. Si hubiera otras caras grises cerca, seguramente lo oirían y se unirían a la fiesta. Jace, ¿dónde diablos estabas?

En ese momento vi que los faros del auto de la señorita Smythe giraban hacia el camino y rebotaban contra la pared. En ese momento, el puño del zombi se abrió paso a través de la grieta, rompiendo la parte inferior de esa sección de ventana en particular. La mano tanteó en la oscuridad mientras el zombi chisporroteaba ruidosamente, frustrado porque su comida no estaba a su alcance.

Oí cerrarse la puerta del coche y de repente la mano desapareció de la ventana rota. Salté y, bate en mano, hice mi camino. Jace se estaba acercando al zombi con su bate listo para ser usado. El monstruo perezoso se tambaleó hacia él, balanceando los brazos a cada paso, fuertes gruñidos hambrientos brotaron de su cabeza en descomposición. Justo como un jugador de Grandes Ligas, Jace dio un poderoso golpe a la cabeza del zombi, conectándose con toda su fuerza. En lugar de un ruido sordo, un fuerte chirrido resonaba en el cuerpo del zombi. Cayó de rodillas, pero aún arañaba el aire en dirección a Jace. Con los ojos pegados al monstruo, Jace caminó hacia su lado derecho, apuntó y lo reventó de una vez por todas. Llevaba un rato bateando debe haberlo disfrutado, porque estaba sonriendo con satisfacción.

Jace puso el bate en el suelo y miró a su alrededor. Luego agarró al cara gris por los pies y lo arrastró a través de la carretera. Si bien no pude ver claramente, pareció que Jace colocó su cuerpo en la alcantarilla junto a la carretera. Volvió y buscó el cráneo destrozado de la cosa, lanzándolo con el cuerpo como si estuviera haciendo un tiro libre. Luego metió el automóvil en el garaje, y yo fui a la cocina para mover la cabina de porcelana y dejarlo entrar a la casa.

Tan pronto como la puerta fue bloqueada nuevamente, Jace puso las cosas en sus brazos sobre la mesa y se volvió hacia mí. Ver sus ojos fue todo lo que necesité; Me desplomé en sus brazos, jadeando sollozos emitidos por mí, y las lágrimas que creí que se habían secado por mucho tiempo salieron de nuevo. Todo mi cuerpo se convulsionó con emoción, y él me abrazó con fuerza.

"Está bien, linda. Ya se fue. Está muerto", dijo Jace con confianza. Pensó que estaba llorando por el zombi, y aunque el estrés de esa situación pudo haber causado más lágrimas, lo único que tenía en mente era mi familia, o lo que solía ser de ellos.

Lo miré. "Mi mamá y papá, Jace. Todo de Tulsa. El gobierno dijo... dijo...". Rompí una vez más, perdiendo el control sobre mi capacidad para hablar.

"¿Hubo noticias? ¿Pudiste obtener noticias?". Asentí lo mejor que pude, y Jace me tomó de la mano y me llevó a la sala de estar. Me puso en el balancín y se sentó en el suelo junto a mí. Usó el control remoto para encender el televisor, y durante los siguientes veinte minutos escuchamos a algunas personas normales que nos contaban lo que estaba sucediendo en el gran planeta Tierra. Jace estaba silencioso y sobrio. Seguí llorando, y apenas podía mirar el set. Identificaron a casi todas las grandes ciudades estadounidenses como víctimas de la infección que estaba superando a la humanidad.

Finalmente, Jace apagó el televisor, y los dos nos sentamos en la oscuridad, dándonos la noticia en la cabeza, luchando por aceptar lo que estaba sucediendo. Finalmente él habló.

"Parece que no tienen idea de que es el agua". ¿Por qué no mencionaron el agua? ¿Podría el CDC mantenerlo en secreto? Y si es así, ¿por qué? Solo lo miré con los ojos muy abiertos y sacudí la cabeza. "Está bien, Alicia. Lo sabemos, y haremos algo al respecto".

En una fracción de segundo mi vida con mi mamá y mi papá pasó frente a mis ojos, y me volví aún más decidida a destruir la maldad que estaba teniendo lugar a nuestro alrededor lo antes posible. Miré a Jace y asentí, sonriendo a través de mis lágrimas.

CAPÍTULO 19

Unos minutos más tarde estábamos en la cocina y Jace estaba desempacando las cosas que había traído. Mientras dejaba cosas sobre la mesa, prestaba poca atención a nada de eso. Una botella de píldoras de hierro, unos cuadernos de papel, un paquete de lápices, una calculadora, multivitaminas. Luego sacó la pequeña caja que contenía la prueba de embarazo casera. Yo ya lo sabía, pero creo que quería la tranquilidad de saberlo con certeza, así que sin decir una palabra, le quité la caja y entré al baño.

Sentada en el lado de la bañera, comencé a leer detenidamente las instrucciones. Cuando terminé, mis pensamientos se volvieron completamente desconcertantes. ¿Embarazada? ¿Cómo podría ser esto? Bueno, vamos, Alicia, has estado teniendo sexo de forma correcta durante meses sin protección alguna. ¿Pensaste que eras inmune al embarazo?

Simplemente sacudí mi cabeza en respuesta a mí y me puse de pie, bajando mis pantalones mientras lo hacía. Me puse en cuclillas sobre el inodoro y comencé a orinar, sosteniendo el palo en mi corriente de orina justo como las instrucciones indicadas. Luego lo puse en el borde del fregadero, sin permitir que el extremo entrara en contacto con la porcelana, me limpié y me subí los pantalones.

Abrí la puerta del baño y entré en nuestro laboratorio, buscando el temporizador de la mesa de juego. Lo configuré durante diez minutos y regresé al baño. Jace apareció.

"¿Bien?". Sus ojos estaban brillantes, casi emocionados.

Va a llevar diez minutos para los resultados, Jace".

Soltó una ráfaga de aire y asintió. Dio media vuelta y regresó a la cocina para ocuparse de lo que fuera que estaba haciendo. Entré al baño y me encerré. Tomando asiento en la tapa cerrada del inodoro comencé a pensar en mis padres otra vez, y una vez más me encontré en el piso del baño, llorando a lágrima viva, con la cara enterrada en una toalla para que Jace no me oyera. ¡Cómo desearía que mi madre estuviera aquí haciendo esto conmigo! Ella y mi padre estarían un poco decepcionados, pero la alegría que sentirían ante la idea de un nuevo miembro de la familia sería mayor que la decepción. Habían sido tan sencillos, tan prácticos... padres tan maravillosos. ¿Por qué ellos y no yo?

∞

El temporizador se disparó y me devolvió a la realidad. Lo apagué y me sequé los ojos, mirando el palo en el fregadero. "Vamos, Alicia. Es hora del veredicto". Me levanté del suelo y recogí el palo.

Reveló un signo positivo de color claro. Era positivo. Estaba embarazada.

"¿Alicia?". Jace ya estaba en la puerta del baño. Debe haber escuchado el cronómetro. Me di cuenta de que estaba ansioso por el sonido de su voz. Tengo que admitir que también estaba un poco emocionada, sin importar que un embarazo no tuviera sentido en este momento. Pensar en algo de lo que estar realmente feliz era una idea que de verdad necesitaba.

Extendí la mano y abrí la puerta del baño. La perilla giró y la puerta se abrió lentamente. Jace me miró con los ojos muy abiertos.

"¿Y bien? ¿Qué es lo que dice?". Parecía casi asustado.

Mantuve mi cara desprovista de emoción a propósito. Podría mantener el suspense o podría hacer que el momento fuera lo más alegre y satisfactorio posible, independientemente de las circunstancias.

Le sostuve el palo. "¿Por qué no lo ves por ti mismo, papá?".

Apenas echó un vistazo al pequeño dispositivo antes de que un gran '¡ya!' saliera de su boca. Él me levantó y me hizo girar, y antes de que me diera cuenta me estaba ahogando en sus besos. "Oh, Alicia. Tenemos una razón más grande que nosotros ahora. Tenemos algo que es parte de ti y de mí, y nos encantará y haremos lo que sea necesario para protegerlo. ¿Comiste? ¿Tienes hambre ¿Como te encuentras? ¿Estás bien? No te lastimé ni te hice...".

"¡Jace, estoy bien! ¡Me siento bien! Aparte de un corazón roto por mis padres, me siento como un millón de dólares en este momento. Tal vez esto es justo lo que ambos necesitamos para seguir. Quizás estás en lo cierto". Me tomó de la mano y me llevó a la cocina, donde me hizo sentar y puso dos pastillas, hierro y vitaminas, frente a mí.

"Toma esto y escucha mientras revisamos mis cálculos y mi plan". Hice lo que me dijo y luego me concentré en él por completo.

Él se sentó en la silla al otro lado de la mesa. "Bueno. Hice un poco de investigación en el portátil y descubrí cuánta agua vamos a tratar de limpiar en esta ciudad. Tenemos el río LA, que de todos modos es un vertedero; esa va a ser la parte más difícil. Entonces tenemos lagos y embalses, y es solo una pequeña porción de lo que vamos a tratar. Ahora, el problema son las aguas del océano, pero no creo que debamos meternos con la Bahía de Santa Mónica o el Canal de Domínguez. Creo que podremos obtener los resultados pertinentes si nos apegamos a los lagos y embalses. Comenzaremos con los lagos. No creo que esos fueron inicialmente contaminados porque las alcantarillas que transportan residuos farmacéuticos no se vierten en ellos. A pesar de todo, estamos hablando de millones de galones de agua que salen de la ciudad por día. He decidido que voy a producir cuarenta galones de la mezcla. Volcaremos treinta galones directamente en el agua del lago, pero lo probaremos primero. Nos ocultaremos y tomaremos muestras periódicamente para verificar el nivel de bacterias, y si los resultados son buenos nos dirigiremos al reservorio para realizar pruebas y tratamientos. Si no nos gusta lo que vemos, agregaremos más productos químicos al lago de inmediato para evitar el rebrote de bacterias, y por supuesto, tendremos que llevar nuestro equipo. También voy a mezclar algunos galones adicionales, lo que nos permitirá verter más galones si no vemos los resultados que deseamos, pero creo que lo haremos, Alicia". Sus ojos estaban iluminados con entusiasmo.

"Incluso si esto no funciona en la gran escala que esperamos, sin duda causará suficiente daño a las bacterias para acabar con la mayoría, si no todos los zombis que pululan por la zona. Eso hará que los números restantes sean fáciles de manejar, si es que hay alguno". Él asintió con la cabeza en respuesta, y luego lo recogió desde allí.

"La buena noticia para nosotros es que no ha llovido. Eso evitará que se propague mientras lo contenemos. El agua de las tormentas no se trata en absoluto. Desde que dejamos el suministro en la planta de tratamiento, todo lo que necesitamos enfocarnos son los cuerpos locales", afirmó. "Esto va a funcionar. Y si no es así, al menos nos dará la oportunidad de salir de aquí de manera segura para ponernos en contacto con el CDC con la información que tenemos".

Era un plan bueno y sólido, digno de ejecución. Estaba ansiosa por comenzar. "¿Cuándo planeas obtener los productos químicos y el antibiótico?".

Él me miró y sonrió. "Tengo el baúl lleno. Creo que será suficientemente. Comenzaré batiendo, y cualquier cosa que necesite puedo llegar a la ciudad. En este momento también tengo el asiento trasero y el lado del pasajero del sedán más o menos lleno de jarras de leche vacías y botellas de cloro. Esos tendrán el antídoto. Eso fue lo que me llevó tanto tiempo; estaba deteniéndome y recogiendo... hurgando en la basura. ¿Todavía está lleno? Necesitamos usar el agua para limpiar las jarras, y necesitamos purificar más agua. Necesitamos un total de cincuenta galones. Un galón por jarra para lavar y enjuagar, no más".

Todo estaba cayendo en su lugar, y supe en lo profundo de mi corazón que iba a funcionar. Íbamos a estar bien. Nuestro bebé iba a estar bien. Me puse de pie.

"Está bien, Jace. No dejemos pasar un minuto más. Es hora de comenzar". Me dirigí al alambique, y Jace se dirigió al garaje para comenzar a traer botellas vacías y otros suministros. Fue el comienzo del final.

R.W.K. Clark

CAPÍTULO 20

Durante el resto de la noche y hasta la noche siguiente, Jace y yo trabajamos limpiando contenedores y mezclando productos químicos para rellenarlos. Dormí la siesta en tres ocasiones durante solo una hora a la vez. No quería dejarle todo el trabajo, sin mencionar el hecho de que cuanto más rápido completáramos el trabajo, más pronto podríamos poner en práctica nuestro plan, y ese era realmente mi objetivo. Yo quería salir de esta casa, pero quería estar a salvo. Quería que el mundo que una vez conocí, existiera de nuevo, por lo que, aunque Jace me regañaba para que descansara y comiera, me presioné para ayudar lo más posible.

Nuestros espíritus se habían levantado significativamente, y la tarea en realidad era divertida. Hablamos y nos reímos. Lloré un par de veces, pero solo cuando mi atención se centró en mis padres. Jace me consolaba, y una vez que estaba tranquila lo sacudía para que pudiéramos volver al trabajo. Él fue muy paciente y maravilloso. ¿Lo habría conocido alguna vez si esta cosa terrible no hubiera sucedido? Sabía que probablemente no, al menos, no de esta manera o por esta razón. Supongo que si estábamos 'destinados el uno para el otro', nada podría haber detenido nuestra unión, ¿pero quién sabe?

∞

Jace tuvo que ir a la ciudad alrededor de las once de la mañana siguiente para recoger más contenedores. Se había ido alrededor de una hora y media. Fue un tiempo sin incidentes; continué preparando químicos para que estuvieran listos cuando regresara. Volvió con más jarras y botellas de las que realmente necesitábamos, y una vez que estuvieron limpias y llenas del antídoto, comenzamos a guardarlas cuidadosamente en el baúl y el asiento trasero del sedán. Todas encajaron perfectamente dentro.

Luego guardamos nuestros equipos de laboratorio y cuadernos necesarios, y una vez que estuvimos seguros de que teníamos todo lo que necesitábamos, incluida algo de comida para el viaje, eran las cinco de la tarde. Jace quería irse a las 8:30 p.m. y me pareció perfecto. Tomamos un bocado, sandwiches fríos y patatas fritas, y pudimos dormir un poco antes de que fuera hora de irnos. Estábamos demasiado cansados para pensar en hacer el amor, y mi estómago había estado muy molesto durante las últimas horas. La comida había ayudado, pero estaba mareada acostada junto a él. Él se acurrucó contra mí y en minutos los dos estábamos soñando.

∞

Me desperté con Jace empujándome suavemente para despertarme. "Es hora de sacar las telarañas, linda". Me estaba frotando la espalda un poco, haciéndome gemir de satisfacción. Fue en momentos como este cuando realmente quería que todo esto no fuera más que un mal sueño, pero por desgracia...

Nos sentamos a la mesa con un par de tazas de café instantáneo hecho con agua destilada. Jace se aseguró de que nuestro tanque estuviera lleno para que tuviéramos agua cuando regresáramos, mientras los zombis se estuvieran muriendo. Cuando estábamos bebiendo, Jace habló sobre el bebé.

"Alicia, espero que te sientas bien con el niño. Lo espero. Estoy emocionado, y quiero que ambos seamos felices". La expresión de su rostro era casi una expectativa infantil, y me trajo una sonrisa a la cara.

"Debo admitir que, antes de conocer la situación de Tulsa, estaba un poco nerviosa. Todo en lo que podía pensar era en traer a un niño a este desastre e intentar protegerlo y proveerlo. Una vez que me enteré sobre lo que ocurrió a mis padres, bueno, mi corazón se rompió aún más porque me di cuenta de que estaba feliz por eso, y no podía compartir mi alegría con ellos... nunca podría". Me miré las manos y luego volví a mirarlo, sonriendo con seguridad. "Estoy bien, Jace. No te preocupes".

Él tenía una mirada seria en su rostro. "Si cuando logremos limpiar este desastre, quiero casarme contigo, Alicia. ¿Te casarías conmigo?"

Honestamente, no había pensado en ese aspecto, y cuando lo consideré, tengo que admitir que no tenía sentido para mí. El matrimonio era un compromiso legal. ¿Habría alguna vez 'ley' de nuevo? ¿Importaría un trozo de papel, si es que había uno?

"No sé si importará, legalmente hablando, Jace. Pero si quieres, siempre podemos tomar votos nosotros mismos si no es así". Toda su cara comenzó a brillar mientras sonreía.

"No lo dudes". Él vació su taza, incitándome a hacer lo mismo. Nos pusimos de pie y nos pusimos nuestras chaquetas, luego procedimos a mover la cabina de porcelana, agarramos nuestros resistentes bates y nos dirigimos al automóvil.

Era hora de erradicar a los caras grises. No podría haber estado más emocionado.

Habíamos decidido comenzar con el lago. Estaba terriblemente contaminado, y lo había estado por un tiempo, y dado que el arroyo se alimenta de este, podríamos descubrir que no necesitamos tanto del antídoto, si es que necesitáramos algo, cuando llegara el momento de hacer el depósito. Condujimos a un área que nos proporcionó un puente bajo el cual pudimos instalar una tienda, e incluso pudimos estacionar el sedán de una manera discreta. Fue perfecto para nuestra misión.

Descargamos nuestro equipo y lo instalamos primero, junto con una pequeña linterna a batería que había traído del garaje de la casa. Entonces comenzamos a descargar treinta contenedores de la mezcla de antibióticos. Luego, Jace llenó una botella de agua limpia con agua del apestoso lago y la llevó a nuestro pequeño laboratorio al aire libre, donde la probó de inmediato.

"Echa un vistazo", me dijo, moviéndose para darme acceso al microscopio. El agua estaba llena de bacterias viles. Había superado las moléculas de drogas en el agua hasta el punto de que apenas se distinguían. Mi estómago se sacudió con fuerza. Entre la apariencia del agua y su olor, mi delicado estómago era un desastre. Salté hacia atrás, volví la cabeza y de inmediato deposité mi sándwich y patatas fritas en las rocas debajo del puente.

Sin embargo, Jace estaba allí, acariciándome la espalda y emitiendo sonidos suaves. Cuando terminé, me entregó una toalla de papel empapada en agua destilada y me limpié la cara. Luego me dio un trago de lo mismo para poder enjuagarme la boca. Le amaba; él era tan bueno conmigo.

Cuando concentré mi ingenio, discutimos. "Está bien, tan asqueroso como es, esto es lo que necesitábamos ver. Ahora es el momento de verter". Teníamos las botellas con el antídoto alineado a lo largo de la línea de flotación, por lo que el vertido sería rápido. Quitamos todas las tapas. Escuché atentamente los sonidos a mi alrededor mientras desenroscamos las tapas de las botellas. Podría haber jurado que escuché el sonido desigual de los pies de un cara gris, pero en ese momento un cara gris no importaba. Podríamos terminarlo con un swing, así que no me dejé distraer.

Cuando todas las botellas estuvieron abiertas, Jace dijo: "Tú comienza en este extremo. Yo comenzaré aquí abajo. Vamos". Comenzamos a vaciar las botellas en el lago a un ritmo récord, y en menos de dos minutos el trabajo estaba hecho.

Jace colocó el cronómetro en su teléfono móvil y, en lugar de que la alarma se apagara, simplemente miró la pantalla. Esperábamos cinco minutos en lugar de solo dos, solo por si acaso, y cuando se acabó el tiempo, tomó una botella de agua limpia hasta el borde del lago y la llenó. Después de recolectarla, colocó dos o tres gotas en una platina limpia y la colocó debajo del endoscopio. Esperar que él mirara la muestra y me diera una respuesta fue probablemente el período más ansioso que había soportado todo el día.

Él me miró con una amplia sonrisa. Incluso en las sombras, sus ojos se iluminaron y bailaron. "¡Está funcionando, Alicia! Está funcionando muy bien". Salté al microscopio y eché un vistazo por mí misma. Efectivamente, solo había una pequeña cantidad de bacterias, y se estaba desvaneciendo rápidamente. El agua casi se veía tan bien como nuestras cosas destiladas.

No lo podía creer. Me puse de pie, pero en cuestión de segundos Jace me tenía en sus brazos abrazándome fuerte. "Todo va a estar bien. ¡Lo sabía! Realmente va a estar bien".

Me sentí extática, pero aprensiva. "Jace, tenemos que esperar y probarlo de nuevo un poco, ya sabes, solo para estar seguros".

"Lo sé, lo sé, pero va a estar bien. Sentémonos y esperemos otros diez minutos más o menos". Nos plantamos sobre una manta que habíamos traído, y utilicé agua destilada y alcohol para limpiar nuestras platinas y goteros mientras esperábamos, secándolos a fondo cuando estaban limpios.

Después de otros diez minutos, Jace llenó otra botella vacía y la trajo a ser analizada. Estaba un poco dudosa; ¿cómo podía ir tan bien? Nadie había sido capaz de limpiar esta agua, nunca. ¿Ahora íbamos a hacerlo en una hora?

Pero el agua pasó la prueba, y con gran éxito en eso.

Los dos estábamos tan emocionados y ansiosos por llegar al arroyo, que estaba bastante lejos de aquí. Empezamos a empacar nuestras cosas en el auto, y fue entonces cuando escuchamos el arrastrar de pies, más fuerte que antes, y directamente sobre nuestras cabezas. Subimos por la colina que conducía debajo del puente. Un zombi bajaba por la misma colina al otro lado del puente. Él quería llegar al agua. Él necesitaba un trago.

Ambos miramos alrededor y viendo que estaba todo despejado, metimos el resto de nuestras cosas en el sedán lo más rápido posible. Luego subimos al automóvil, enrollamos las ventanas y nos aseguramos de que las puertas estuvieran bien cerradas. Vimos. En cuestión de segundos, el cara gris se abrió paso bruscamente y, al tropezar con una piedra o algo así, perdió el pie y cayó el resto del camino colina abajo. Necesité toda mi fuerza para no estallar en carcajadas, así que puse mi mano con fuerza sobre la boca y mantuve los ojos en la escena que había ante mí.

Una vez que recuperó lo que quedaba de su compostura, se arrastró sobre sus manos y rodillas hasta el borde del agua, donde procedió a sumergir por completo su cabeza entera en el H2O ahora limpio. De repente, sacudió violentamente la cabeza fuera del agua y gritó. Estaba enfadado, era un espectáculo espeluznante. No tenía ni idea de cómo, pero ese monstruo sabía con seguridad que el agua no era la misma.

Nuevamente asomó la cabeza y olió el agua. Al gritar de nuevo se puso de pie y tuvo lo que yo llamaría una rabieta violenta en la orilla del lago. De repente, desde el camino, los zombis comenzaron a bajar a las orillas del lago. Todos gritaban o gemían. Se dirigieron al lago y olieron, saborearon y tocaron el agua. Entonces todos comenzaron a perder los estribos.

Jace debe haber sentido que era hora de irse. Arrancó el automóvil, lo que llamó su atención de inmediato. Vaya, ¿se habían enfadado alguna vez? Todos comenzaron a dirigirse hacia nosotros, agitando los brazos, y haciendo sonidos viles procedentes de sus gargantas. Cada movimiento estaba lleno de ira e intención, a pesar de que todos carecían de la coordinación o el poder para llegar a nosotros rápidamente. Podrías ver que sintieron u olieron nuestra sangre.

Incluso cuando se dirigieron al automóvil, comenzaron a bajar. Tenía que haber más de quince, pero perdieron tres en su camino. Uno debe haber estado más cerca de lo que pensamos. Empezó a golpear el maletero y la ventana trasera con todo lo que tenía, subiendo por mi lado del automóvil. Sus gritos se llenaron de furiosa desesperación.

"Jace, ¡acelera! ¿Qué diablos estamos esperando?". Puso el sedán en marcha y pisó el pedal del acelerador, manejando erráticamente. Nos abrimos paso hacia la cima de la colina, zombis luchando por mantener el ritmo. Uno se había sujetado del parachoques, y lo habíamos arrastrado hasta la mitad de la subida antes de perderlo en las rocas y la hierba. Entonces estábamos en la carretera, Jace alejándose del lago a toda velocidad. Los caras grises se tambaleaban a ambos lados de la carretera, en dirección a tratar de encontrar su solución para la noche. Era fácil suponer que este era un ritual nocturno regular. De lo contrario, ¿por qué habría tantos a la vez? Había literalmente cientos haciendo su camino a la orilla del agua. Se dirigirían hacia el auto, golpeándolo mientras pasábamos. Si se metían en el camino, Jace los golpeaba sin pensarlo dos veces, sus cuerpos polvorientos se rompían como huesos cubiertos de papel.

Finalmente, después de lo que parecían millas, tomamos una derecha y el desfile de zombis parecía terminar. Me recosté en mi asiento y tomé aliento. " Buena maniobra, Jace".

Sus ojos revoloteaban desde el camino hacia el espejo retrovisor y viceversa. "Gracias, preciosa. Ahora nos encargaremos del lago Baloa".

Estábamos a mitad de camino.

CAPÍTULO 21

Cuando llegamos al embalse, que nunca había visitado, pude ver a qué se refería Jace cuando dijo que solo teníamos que ocuparnos de una pequeña parte del embalse. No era nada como esperaba, y realmente no pensé que íbamos a encontrar caras grises durante esta visita. Ya era alrededor de la una de la madrugada, y todo estaba completamente quieto y en silencio alrededor del área donde estábamos. Jace incluso dejó los faros delanteros en el auto, apuntándolos al lugar donde debíamos instalar nuestro pequeño laboratorio portátil.

Sacamos nuestro equipo y lo preparamos, esperando descargar las botellas del antídoto hasta que estuviéramos seguros de cuánto necesitaríamos. Pasamos por el mismo proceso. Jace recogió agua del depósito y la puso en una platina limpia, luego echó un buen vistazo.

"Alicia, mira esto", fue todo lo que tuvo que decir.

Miré a través del microscopio y me sorprendió lo poco que estaba presente la bacteria en el agua. "No va a hacer falta tanta cantidad como pensamos, Jace".

Él asintió. "Lo sé, y eso es algo bueno, pero de todos modos vamos a enviar diez. Así nos aseguramos". Nos dirigimos como soldados de un lado a otro hacia y desde el automóvil con las diez jarras de antídoto, y esta vez fuimos un poco más flojos en nuestros métodos de administración, destapándolos y arrojándolos al depósito de uno en uno. Después de quince minutos de espera, realizamos otra prueba, y el agua estaba prácticamente intacta.

"Bien, esperaremos diez minutos más y tomaremos una muestra final. Nos quedan diez botellas. Quiero conducir de vuelta al arroyo, pero esta vez vamos a obtener una muestra de un lugar un poco más alto. Conduciremos a lo largo del arroyo y pararemos y volcaremos los últimos diez uno a la vez mientras avanzamos. Estará más disperso de esa manera".

Asentí con la cabeza de acuerdo. "Bien pensado".

La segunda muestra volvió tan bonita como la primera, así que hicimos las maletas y regresamos al arroyo. Nos detuvimos en la orilla seis veces entre el lago Baloa y el embalse, y en el camino contamos a más de sesenta zombis que yacían sin vida en el camino. Estaba en estado de shock por el número. Lo que fue aún más sorprendente fue la falta de zombis vivos en cualquier lugar a la vista. ¿Habían llegado todos a su destino, y era por eso que no habían salido?

Cada vez que nos deteníamos, estudiábamos el agua. A medida que nos acercábamos a nuestro punto original, se hacía progresivamente más clara, y cada prueba mostraba que las bacterias se destruían a gran velocidad. Agregaríamos un galón, volveríamos a probar, y cada vez con mejores resultados. Jace también tomó una botella llena de cada parada para observar nuevamente una vez que estábamos de vuelta en la casa.

Cuando llegamos al puente, Jace detuvo el automóvil, pero lo dejó en marcha. No había zombis a la vista en absoluto.

"¿Realmente regresaremos aquí, Jace? ¿Estas loco?".

"Como un zorro", respondió. Se desabrochó el cinturón de seguridad y agarró una botella vacía para obtener otra muestra de debajo del puente. "Quédate aquí y mantén las puertas cerradas hasta que regrese. No salgas del coche por ningún motivo, Alicia".

Saltó con su botella y cerró la puerta, que bloqueé detrás de él. Corrió hacia la colina que conducía debajo del puente. En solo unos pocos minutos regresó caminando al auto. Esa fue una gran señal.

Después de que él entró y cerró, le pregunté: "¿No hay caras grises?".

"Alrededor de treinta de ellos están acostados allí completamente fuera de servicio. Revisaremos el camino por el que caminaban mientras nos dirigimos a casa y veremos cómo es la vista".

∞

Ahora eran casi las cinco de la mañana y podíamos ver muy bien. En el camino a casa contamos más de ciento cincuenta cabezas muertas que yacían sin vida y por lo tanto totalmente inmóviles. Esta era la razón por la que Lilith, mi compañera de habitación, la tragaba constantemente. Sin un suministro constante de la bacteria, el cerebro dejó de funcionar y conducir el cuerpo, y no había órganos internos para mantener la vida en absoluto. Eran virtualmente adictos a la muerte.

En lugar de dirigirnos directamente a la casa de la señorita Smythe, manejamos por el centro de la ciudad. Había un zombi al azar aquí y allá, algunos estaban en grupos arrastrando los pies y tropezando entre ellos, otros intentaban destrozarse unos a otros con la poca fuerza que les quedaba. Ni Jace ni yo vimos a un ser humano real, que bombeara sangre y tuviera latidos durante nuestro viaje. Si alguno estaba afuera, se estaban escondiendo bastante bien.

Tenía mis dudas de que incluso muchos quedaran. Además de nosotros.

∞

De vuelta a la casa, alineamos nuestras muestras embotelladas: tuvimos una del lago Baloa y un total de siete tomadas de varios puntos a lo largo del arroyo y el embalse. Cada una estaba marcado con la hora y la ubicación exacta, y Jace tenía un cuaderno en el que había anotado los resultados de las pruebas iniciales y a qué hora administramos el antídoto en cada ubicación. Sería una comparación muy completa.

Una vez que teníamos el microscopio listo y todas las platinas y los cuentagotas limpios nuevamente, comenzamos a probar cada muestra. Los resultados no pudieron haber sido más agradables: ¡todas las muestras se volvieron maravillosamente limpias! Comparamos cada uno con una muestra del agua destilada. Perfecto.

Luego nos dirigimos a la sala de estar donde nos sentamos y encendimos la CNN para ver las últimas noticias. Ambos esperábamos que estuvieran fuera del aire, pero los mismos presentadores de noticias estaban en el aire, pareciendo asustados y agotados. Incluso los reporteros que estaban en el lugar en varias ciudades no podían hacer nada para esconder las bolsas bajo sus ojos, y dudaba mucho de que incluso les importara.

"Mientras que la mayoría de las principales áreas metropolitanas y ciudades aledañas experimentaron una gran desaparición poblacional debido al apetito y la ira de estos terriblemente mutados 'zombis', las fuerzas militares que sobrevolaron el área de Los Ángeles informaron que los muertos vivientes en el área están muriendo de forma lenta pero segura, y el ritmo está aumentando rápidamente. Aquí está Jill Montgomery con una actualización de la costa de California, con información suministrada directamente por fuentes en el CDC y por portavoces militares. Aquí está Jill".

"Gracias. Los Ángeles fue solo una de las principales áreas metropolitanas del mundo que prácticamente fue aniquilada por los 'zombis' o humanos mutados que han estado corriendo desenfrenadamente durante los últimos siete u ocho meses. Mientras que los profesionales médicos de los Centros para el Control de Enfermedades finalmente divulgaron información anoche que habían identificado el problema con agua contaminada, no tienen idea de cuál es la fuente de contaminación, y aún luchan para remediar el problema. Como informamos anteriormente, si puede ver y comprender esta transmisión, es esencial que no ingiera ni se bañe en el agua, si es que ha podido hacerlo. Mientras tanto, las fuerzas militares asignadas al área de Los Ángeles nos han dicho que los zombis que ocupan Los Ángeles y sus alrededores literalmente caen como moscas. Como puede ver en esta cinta de video, provista por la Fuerza Aérea hace menos de una hora, literalmente hay montones de cadáveres por ahí, y el número crece constantemente. El CDC ha enviado un equipo a Los Ángeles para probar el agua en el río Los Ángeles y averiguar qué ha sucedido exactamente para cambiar el rumbo en la soleada California. Si alguien tiene información, contáctese con el CDC inmediatamente o comuníquese con las unidades de las fuerzas armadas locales lo antes posible. Los números de teléfono aparecieron en la pantalla. Esta es Jill Montgomery para CNN, informando que cielos más azules pueden ser en nuestro futuro".

Jace y yo nos miramos por solo una fracción de segundo antes de que él se levantara de un salto y fuera a buscar mi teléfono celular a la cocina. Lo usó para ingresar el número, y luego tocó la pantalla para que el teléfono inteligente marcara por él. En poco tiempo, estábamos hablando por el altavoz con los poderes sobre exactamente todo lo que había sucedido en nuestras vidas en los últimos meses, pero especialmente en los últimos días.

Después de un par de horas y la promesa de que los militares vendrían a llevarnos a un lugar seguro, finalmente colgamos. Los dos estábamos emocionados. Estábamos a salvo, e íbamos a tener una vida después de todo.

Me senté en la mecedora con Jace de rodillas ante mí. Su cabeza estaba sobre mi pecho, y pasé mis dedos por su cabello. Su aliento era constante y parejo, y parecía realmente relajado por primera vez desde que lo conocí. Me preguntaba si era lo mismo en sus ojos.

Él me miró. "¿Cómo te sientes?".

"Asombrosa", respondí. "¿Y tú?".

Él sonrió. "Excepcional. Increíble. Más vivo y esperanzado de lo que podría haber imaginado. ¿Tienes hambre?".

"Hmmm. Déjame pensar... de ti, tal vez". La sonrisa de Jace se hizo más amplia, y se inclinó hacia adelante para iniciar un beso increíble y duradero. Antes de darme cuenta, estábamos acurrucados en el suelo, medio dormidos. Antes de que mis sueños se apoderaran de mí, lo escuché decir en un tono sincero: "Alicia, literalmente tenemos el resto de nuestras vidas para hacer esto. Te amo tanto".

"Yo también te amo. De verdad".

Los dos esperábamos nuestro para siempre con gran ilusión.

PETICIÓN

Mi creatividad se nutre de lectores como usted. Si ha disfrutado de esta novela, le ruego que escriba una reseña, y comparta su experiencia. Háblele a un amigo o a un ser querido de este libro. A cambio, le ofrezco un gran agradecimiento desde el fondo de mi corazón.

Humildemente y con gratitud,

RWK Clark

ADICIONALMENTE

Obras de RWK Clark

En español

Pluma de Sangre El Despertar
ISBN-10: 1948312999 ISBN-13: 978-1948312998

Guardián Del Hermano
ISBN-10: 1948312913 ISBN-13: 978-1948312912

Muerte en el Agua Abandonen el Barco
ISBN 10: 1948312506 ISBN 13: 978-1948312509

El Carnicero de la Taquilla
ISBN-10: 1948312514 ISBN-13: 978-1948312516

Invadidos Estados Cautivos
ISBN-10: 1948312069 ISBN-13: 978-1948312066

Ángel de Lucifer La Iglesia de Satanás
ISBN-10: 1948312077 ISBN-13: 978-1948312073

Legado Viviente Entre los Muertos
ISBN-10: 1948312085 ISBN-13: 978-1948312080

En inglés

Passing Through
ISBN-10: 1948312018 ISBN-13: 978-1948312011

Requiem for the Caged
ISBN-10: 1948312026 ISBN-13: 978-1948312028

Zombie Diaries Homecoming Junior Year
ISBN-10: 0997876778 ISBN-13: 978-0997876772

Zombie Diaries Winter Formal Junior Year
ISBN-10: 0997876786 ISBN-13: 978-0997876789

Zombie Diaries Prom Junior Year
ISBN-10: 0997876794 ISBN-13: 978-0997876796

Out to Sea: Festival of Hues
ISBN-10: 099787676X ISBN-13: 978-0997876765

Box Office Butcher: Smash Hit
ISBN-10: 0997876751 ISBN-13: 978-0997876758

Stolen Blood: Dawn of a New Era
ISBN-10: 0997876743 ISBN-13: 978-0997876741

Permanent Ink: Deadwalkers
ISBN-10: 0997876735 ISBN-13: 978-0997876734

Passage of Time: Search for the Fountain of Youth
ISBN-10: 0997876727 ISBN-13: 978-0997876727

Shattered Dreams The Man in Blue
ISBN-10: 0997876719 ISBN-13: 978-0997876710

Dead on the Water Abandon Ship (Zombie Cruise)
ISBN-10: 0997876700 ISBN-13: 978-0997876703

Brother's Keeper A Novel of Murder and Deception
ISBN-10: 0692744746 ISBN-13: 978-0692744741

Blood Feather Awakens The Timebound Rebirth
ISBN-10: 0692734082 ISBN-13: 978-0692734087

Lucifer's Angel The Church of Satan
ISBN-10: 0692733280 ISBN-13: 978-0692733288

In The Depths (DeSai Trilogy Book 1)
ISBN-10: 0692721932 ISBN-13: 978-0692721933

Witches Immortal (DeSai Trilogy Book 2)
ISBN-10: 0692722165 ISBN-13: 978-0692722169

Lucien's Reign (DeSai Trilogy Book 3)
ISBN-10: 069272219X ISBN-13: 978-0692722190

Living Legacy Among the Dead
ISBN-10: 0692517243 ISBN-13: 978-0692517246

Overtaken Captive States
ISBN-10: 0692489312 ISBN-13: 978-0692489314

ACERCA DEL AUTOR

Soy padre de dos hermosos niños, Jon y Kim. Son mi fuerza motivadora, mi faro en este vasto océano. Son el aire que respiro en esta vida; ellos son el oasis en este desierto de incertidumbre. Son mi mayor alegría en la vida, y mi prioridad número uno. Tengo una larga lista de aficiones, que atribujo a mis ganas de vivir. Me gusta rodearme de personas positivas que comparten los mismos intereses. Los valores de la familia, las artes, el aire libre, la naturaleza, y los viajes son prioridades en mi lista. Me gusta asistir a eventos culturales y artísticos porque creo que la autoexpresión dramática es la ventana al alma. Llevo mi corazón en la manga, todavía creo en la caballerosidad, y siempre trato a la gente como desearía que me tratasen a mí.

www.rwkclark.com